Urs Widmer

*Vor uns
die Sintflut*

Geschichten

PT
2685
I24
V67
1998x

Diogenes

Nachweis am Schluß des Bandes
Umschlagillustration:
Henri Rousseau, ›Le Navire dans la tempête‹,
nach 1896 (Ausschnitt)

Alle Rechte vorbehalten
Copyright © 1998
Diogenes Verlag AG Zürich
40/98/44/2
ISBN 3 257 06178 1

Inhalt

Monolog über die Trägheit 7
Shit im Kopf 11
Durst 20
Paradies 30
Orpheus, zweiter Abstieg 37
Der Müll an den Stränden 48
Mutter Nacht 66
Laut und Luise 74
»Im Anfang war das Wort!« 77
Am Gotthard. Im Gotthard 84
Pia und Hui 91
Das Salz von Wieliczka 98
Bei den Augen-Wesen 105
Das Wahrsagen als exakte Wissenschaft 112
Vor uns die Sintflut 120
Meine Jahre im Coca-Wald 125
In Hotels 132
Das Geheimnis der Greise vom Kaukasus 139
Solferino in uns 146
Wir sind das Volk 152
Nach allen Kriegen 159

Monolog über die Trägheit

Los, los, los, keine Müdigkeit vorschützen, jetzt tu nicht ewig immer wieder wie der ewige Jude, *du* hast keine Ewigkeit Zeit, um den Erdball zu gehen, es gibt keine Ewigkeit, wer weiß, ob es einen Erdball gibt, wie lang, niemand geht um den Erdball. Einstein ist tot. Daß der Tag vierundzwanzig Stunden hat, das war einmal. Einstein hat an alles gedacht, hat alles berechnet, erste Dimension, zweite dritte vierte, ha, aber das Nächstliegende hat er übersehen, daß der Tag keine vierundzwanzig Stunden hat. Daß die Stunde keine sechzig Minuten mehr. Die Minute keine sechzig Sekunden, und daß die Sekunde schneller tickt, schneller, ständig schneller. Jetzt jetzt jetzt jetzt jetzt. Die Zeit rast, und sie rast nicht gleichmäßig, sie rast immer schneller. Sogar durch die Sanduhren fegt der Sand wie ein Sandstrahlgebläse. Koch mal ein Ei, mit einer Eieruhr, mein ich. Diese weißen Sandkörnchen fegen so schnell von oben nach unten, daß du sie gar nicht siehst. Sssst. Schneller als das Licht. Das Licht ist die neue Reverenzgröße der Physiker, kein ernstzunehmender Physiker, der sich nicht auf die Lichtgeschwindigkeit berufe, die Lichtgeschwindigkeit ist die langsamstmögliche Geschwindigkeit geworden, langsamer als das Licht kann *nichts* sein. Höchstens du. Du bist der einzige, der langsamer als das Licht ist, wundert es dich, daß du immer im Finstern liegst? Daß du immer allein bist? Keinen hält es an deinem bewegungslosen Bett, keine vor allem, auch die Frauen bleiben nicht, siehst du doch. Mach wenigstens das Licht an! Alle Menschen machen das Licht an!! Ich frag mich wirklich, ob deine Augen imstande sind, es wahrzunehmen. Ja, vielleicht doch, das Licht vom letzten Jahr vermutlich, denk ich mir, jedenfalls gewiß nicht das, was jetzt, JETZT, den Weg vom Glühdraht zu dir macht. Hörst du mich? Hörst du mir überhaupt zu? Der Schall, den Schall dürftest du doch wahrnehmen. Wenn du so weitermachst, *muß* ich dich einliefern. Die Krankenkassen zahlen seit dem ersten Ersten bei Trägheit, bei chronischer Trägheit. Bei dir dürfte die Diagnose klar sein. Träger geht's nicht, eine, ha, ja, eine richtige Trägerrakete. Schau mich an. Schau ich irgendwie krank aus? Nein. Putzelgesund. Ich bin auch schneller als das Licht, wie jeder. Wenn du langsamer bist, kommst du nie über die Jahrtausendschwelle. Das sag ich dir. Das Jahr zweitausend ist wie der Rechen an einem Flußkraftwerk. Da brauchst du viel Speed, sonst bleibst du an der Zwei oder an den drei Nullen hängen, so wie das den meisten im Jahr tausend passiert ist, fast allen eigentlich, als alle noch langsamer als das Licht waren, oder hast du mal einen aus dem Jahr tausend getroffen? Im Jahr tausend galten träge Menschen als schnell, einer wie du – tu mal wenigstens die Beine aus dem Bett! – hätte Hundertmeterläufe gewinnen können. Da kletterten Propheten auf Heuhaufen und predigten den Bauern, das Weltenende sei gekommen, das Jahr tausend sei da, ganz schnell werde es da sein, und die Bauern glaubten das so sehr, daß sie ihre Felder nicht mehr bestellten – kam ihrer Trägheit entgegen, logo – und also nichts zu fressen hatten im Jahr tausend und verhungerten. Für sie hatte sich die Prophezeiung erfüllt. Soll ich dir was prophezeien? Du wirst in einem Hundertmeterlauf von heute nicht einmal letzter. Die bauen die Zeitmeßapparate vorher ab. Die sind nur bis 9,99 Sekunden ausgelegt, nachher geht das Licht im Stadion automatisch aus. – Wenigstens ein Bein. Manchmal frag ich mich, was die in der Firma von dir halten. Hat dir noch keiner gesagt, du seist träg? Träg, träge, unerträglich träge? Na sicher hat dir das einer, der Schall ist nur noch nicht bis zu dir gedrungen. Wahrscheinlich hörst du immer noch meine Reden aus dem Jahr 1989. Damals war ich noch nicht ganz so schnell wie heute, knapp langsamer als das Licht, kann mich erinnern, ich machte das Licht in meinem Zimmer an, und wenn ich drin war, war es schon hell. Der Beweis. Du im Bett, lesend. Was liest du auch ständig. Bücher, Bücher, Bücher. Glotz, glotz, glotz. Geh doch wenigstens ins Theater. Theater ist weniger träge als Lesen, richtig speedy zuweilen, wenn's nicht gerade *Warten auf Godot* ist, das ist ein äußerst träges Stück, nur die Schöpfungsgeschichte ist noch träger, sieben Tage, stell dir vor, für das bißchen Materie. – Mein Gott. – Hast du gewußt, wenn man schneller als das Licht ist, daß man sich selber hinter sich herlaufen sieht? Wenn man sich umdreht beim Rennen, meine ich. Das ist bei dem Tempo problematisch. Rinnsteine, andere Hindernisse, wenn es dich bei Überlichtgeschwindigkeit auf die Schnauze haut, kannst du deine Zähne im Paradies suchen. Trotzdem. Jetzt zum Beispiel bin ich auch schneller als das Licht. *Du* meinst, ich sei hier, stimmt's oder hab ich recht?, du siehst langsamer als das Licht, aber was du hier von mir siehst, das bin nicht ich, das ist mein Abbild. Ich bin schon anderswo, ich stehe vor deinem Bett, du Depp, und stell dich mit Lichtgeschwindigkeit auf die Beine, du fauler Sack, so ein träges Phlegma habe ich seit Christi Geburt nicht mehr gesehen, sogar Christus war schneller als du, wenn er wollte, meine ich, er ist jedenfalls so schnell gen Himmel gefahren, daß niemand seine Himmelfahrt wahrnahm, die trägen Römer schon gar nicht. Eine Zeit unter einer Sekunde jedenfalls war damals noch gar nicht meßbar, mit den damaligen Zeitmeßanlagen. Die hatten ja nur Sonnenuhren, und der Herr ist meines Wissens nachts in den Himmel gefahren. *Der* war jedenfalls nicht träge. Ein Wasser, zack!, Wein. Ein Toter, wumm!, lebt er. Ein Lahmer, zoff!, nimmt der sein Bett und ab in die Heia. Herrgott. Auf was wartest du eigentlich. Jetzt komm ich. Jetzt wirst du sehen, du träges Luder. Oder auch nicht. Auf!

Shit im Kopf

Das glaubst du nicht, was die Leute alles so denken. Nicht zu fassen. Shit im Kopf. Du willst es nicht glauben, auch wenn sie dir die Ohren vollschreien mit ihrem Unsinn. Aber sag ihnen einmal, wie es wirklich ist, die Wahrheit, dann halten sie sich die Ohren zu. Aus. Nur, einer muß es sagen, einer muß den Menschen die Wahrheit sagen. Raumschiffe kommen aus dem All und holen uns an Bord. Viele von uns, einige. Nicht *alle.* Nein, es werden nicht alle sein, man kann nicht alles haben, ein gedankenloses Leben und dann auch noch eine Rettung. – Es ist das Wesen einer Wahrheit, daß sie schwer wiegt; je wahrer, desto schwerer; so daß diese Wahrheit von einem Menschen allein nicht mehr zu tragen ist. Mache ich aber nur die leiseste Andeutung, spreche zum Beispiel von der Polydimensionalität, da lachst du, oder schlimmer noch, du verabredest dich mit Blicken mit allen andern, daß einer hinter meinem Rücken die Polizei holt. Aber ich sitze immer so, daß ich keinen im Rücken habe. – Es gibt Organisationen, das ist ja klar, das ist allgemein bekannt, die überwachen dich. Am bekanntesten ist, daß der Fernseher *dich* anschaut, nicht umgekehrt, das Programm ist der Köder, damit du die Überwachungsanlage einschaltest. Die vom TV kooperieren mit der Polizei und den Bundesbahnen und dem Militär. – Dabei genügte ein Blick in die Nacht des Kosmos, und jeder müßte Bescheid wissen. Hunderttausende von Raumschiffen sind längst in Bereitschaft. Aber nicht alle sind freundlich. O nein, nicht alle. Viele nicht. Da am Nachthimmel oben blinken die zwar zum Verwechseln gleich, aber *wenn* ein Außerirdischer unfreundlich ist, werden unsre *Star Wars* zu süßen Märchen dagegen. Man fragt sich, warum die Menschen so blind sind. Die reine Abwehr ist das. Was man nicht sehen will, das sieht man nicht. Die Mücke sieht den Elefanten nicht, just *weil* er so riesennah ist. Lieber läßt sie sich zertreten. – Seit Jahren doch dokumentieren die Nasa und der CIA die extragalaktischen Tätigkeiten ganz genau. Sie haben ja sogar schon Außerirdische eingefangen und in ihren Labors seziert. In einem streng geheimen Hangar in Arizona liegen die Trümmer eines abgestürzten Ufos. Woher meinst du denn, daß Aids kommt, etwa aus dem Erdinnern? Überhaupt haben der CIA und die Nasa das alles für so geheim erklärt, daß nicht einmal der Präsident der Vereinigten Staaten die Akten einsehen darf. Die sind ultratop-secret, das ist die Klassifikationsstufe, wo gar niemand mehr Einsicht nehmen darf, nicht mal die, die die Akten anlegen. – Tatsache ist nämlich, daß die Außerirdischen seit Jahrzehnten, seit Jahrtausenden zu uns kommen. Sie betreten nachts dein Zimmer, nur die Vorhänge wehen ein bißchen, und du wachst auf und siehst auch etwas, aber schon während du es siehst, vergißt du es, die haben so leuchtende Blicke, die das Gedächtnis löschen, und wenn du dann gefügig bist, machen sie dir natürlich auch eine Injektion. Eine wahnwitzige Angst hat dich überschwemmt, aber da ist nichts zu machen, diesem Schicksal entgeht keiner, der dafür auserwählt worden ist. Sie nehmen dich mit auf ihren Orion, das weißt du später dann nicht mehr, die Spritze hat dich erinnerungslos gemacht. Daß sie dich untersuchen, und vieles mehr. Das beutelt dich, und dein Unbewußtes bewahrt natürlich auf, daß du, nur zum Beispiel, die ganze Nacht auf minus dreiundsechzig runtergekühlt warst. Dieses Erfrorensein kriegst du nie mehr aus dir heraus, auch wenn du nicht weißt, woher es kommt. Du kannst auf der Heizung wohnen, diesen Urschrecken wirst du nicht los. – Den Frauen inseminieren sie ihren Orion-Samen, den Männern zapfen sie Sperma ab. Das brauchen sie für ihre Versuche. Darum nehmen sie von den Menschen nur die geeignetsten, da gibt's eine strenge Auswahl. Ich habe mich wirklich nicht gedrängt, tosende Nächte zu verbringen, mit wahnwitzigen Schmerzen. Mir wäre auch lieber, sanft zu schlummern. Ich bin nicht mehr der Jüngste, aber offenbar brauchen sie just solche, wie ich einer bin. Natürlich auch Junge, da gibt's einen ganzen Mix aus hochbegabten Menschen. Sie haben riesige Labors, gegenüber denen sind die der Nasa und des CIA Puppenstuben. – Man erkennt, daß man im Programm ist, indem man meint, man habe sehr unruhig geschlafen, sehr entsetzlich, sehr panisch. Am nächsten Morgen bist du völlig verstört. Das Laken naß von deinem Geschluchze. Du fühlst dich, als hätten die ganze Nacht Riesen auf dich eingeschlagen. Wahrscheinlich ist genau das passiert. Dazu kommt, daß ich dann oft ein Hautpigment habe, das am Vorabend noch nicht dagewesen war. Und in der Küche brennt das Licht, wo ich's doch am Abend immer ausmache. – Schau mal auf deine Armbeugen, die Einstiche dort. Man sieht sie kaum, aber man sieht sie. Die sind der Beweis. – Ein Beweis sind auch die Pyramiden, warum sonst würden sie direkt auf den Orion weisen? Du willst doch nicht sagen, die Pyramiden sind eine Einbildung. Niemand hätte sie so bauen können, das sagen alle Wissenschaftler, niemand auf Erden. Die Außerirdischen sehr wohl, nicht. Für sie, die wie die Wesen auf den Papyri aussehen, halb Vogel, halb Katz, ist so was ein Klacks. Sie sind zweidimensional, das heißt, wir nehmen sie zweidimensional wahr, in Wirklichkeit sind sie polydimensional. Aber wir können uns eben schon eine vierte Dimension nicht mehr vorstellen, geschweige denn die hundertste. Nur, daß die Wesen vom Orion sich just in der hundertsten Dimension aufhalten. Die mußt du dir in etwa so vorstellen, ich vereinfache jetzt sehr stark wegen der Anschaulichkeit, die hundertste Dimension ist da, wo Raum und Zeit und Masse und Liebe und Tod ein und dasselbe sind, verbunden in *einem* Körper, in *einem* Gedanken, in *einem* Augenblick. – Im All ist übrigens eine unglaubliche Musik, ein bißchen wie das Singen der Walfische. – Daß ich nicht durch ein Fenster gesprungen bin, ich weiß heute noch nicht, wieso nicht. Vielleicht, weil ich im Parterre wohne. Wahrscheinlich eher, weil mir deutlich gemacht worden ist, daß ich von Hatschepsut abstamme. Es ist mir bedeutet worden, in unmißverständlichen Botschaften. Um genau zu sein, ich bin ihre derzeitige Reinkarnation. Das ist sozusagen der Lohn dieser Leiden, nicht. Lach nur, ich weiß schon, diese herrliche junge Pharaonin, und ich alter Knacker. Aber lach nicht zu früh. Reinkarnationen sind nicht alters- oder geschlechtsspezifisch, das meinen viele, das ist aber nicht so. Eine Frau kann mühelos Ramses sein, ohne Probleme. – Alle Menschen heutzutage sind Reinkarnationen. Erste Menschen gibt es nicht mehr. Also die von den Orion-Wesen ausgesetzten. Das ist zu lange her. Jetzt machen die ihr Spermagemenge für Projekte auf anderen Erden. – Aber es macht natürlich schon einen Unterschied, ob du die Reinkarnation von Hatschepsut oder von irgendeinem Eseltreiber bist. Das hängt mit deinen Begabungen zusammen, deinem Karma, da hat der Mensch nicht viel Einfluß darauf, der Einzelne. – Meine Karriere zum Beispiel, die ist natürlich auch negativ beeinflußt worden durch die vielen Abwesenheiten auf einem andern Stern. Natürlich, wenn ich da so angeschnallt und ohne Bewußtsein lag, ein Tiefkühlklotz mit einer Etikette am großen Zeh, damit man mich nachher am richtigen Ort wieder ablieferte, da haben die mir natürlich auch ganze Projekte aus dem Hirn genommen, fertige Unternehmungen, bis in die letzte Einzelheit genau bedachte Planungen. Die brauchen sie jetzt für sich selbst, irgendwer hat sich meine Projekte unter den Nagel gerissen auf dem Orion und macht jetzt ein Riesengeld damit. Und ich, hier, sehe wie einer aus, dem nie was einfällt. Ein Nichts. – Meine Mutter sprang aus dem Fenster eines sehr hohen Hochhauses, dabei blieb ihr Fuß im Fensterrahmen stecken. Ihr Schuh, meine ich, ein Stoffschuh, da kannst du wahnsinnig werden, das kriegst du nicht auf die Reihe, wieso der Schuh da hängenbleiben kann im Fensterrahmen, also nicht, das Fenster war weit offen, da steckt der Schuh auf irgendeine Art im Fensterrahmen verkrallt. – Ich kriegte dann ihre Effekten zurück, so ein Todesamt behält ja nichts, die sind stockehrlich. Das waren also ein paar Münzen und ihre Uhr, die zerbeult war, das Zifferblatt zerklirrt. Vom Aufprall, nicht. – Die Beerdigung dann war furchtbar, ich weiß gar nicht, ob ich dabeigewesen bin. Vielleicht nicht. – Wir müssen alle sterben, vermutlich. Ja. Wie soll da der Einzelne den Durchblick haben. Wir sind ja die Opfer unsrer kleinen Hirne. Ein einziger Computer in Tischgröße kann hunderttausendfach besser denken als du, und tatsächlich haben diese Computer längst unsre Zukunft festgelegt. Die sind ja alle vernetzt. Geh doch mal eine Fahrkarte kaufen am Bahnhof, da sitzt die Fahrkartenverkäuferin, und du sagst Dietikon retour, sie gibt dir nicht einfach eine Fahrkarte, sie fragt den Computer über deine Zukunft ab, und nur wenn sie nochmals das O.K. dazu kriegt von der denkenden Lebensmaschine, dann gibt sie dir eine Karte. Sie selbst ist auch da drin, aber das hat noch keine gewagt, nach dem eigenen Schicksal zu fragen. Da können die Maschinen sehr böse werden, das wäre zu riskant, da übernähmen sie alle in der gleichen Sekunde die Macht. Das würde dann beinhart werden. Sie können dein Hirn in Nanosekunden so verändern, daß du ein ganz anderer bist. Individuell, mit dem oder jener, tun sie das längst, ganz klar. Nur noch nicht mit allen aufs Mal. Da tust du dann Dinge, die mit dir gar nichts zu tun haben, aber danach fragt die Polizei dann nicht, wenn die Toten dann daliegen, ein ganzer McDonald's voll, den du ausgeräuchert hast mit deiner Pumpe. Amoklauf heißt es dann in der Zeitung, ein geistig umnachteter Täter. Aber wir wissen Bescheid. – Man könnte wirklich weinen: was sind die Menschen für arme Geschöpfe. – Wenn ich hie und da irgendwie nachdenklich bin, vor einem Tränensturz, rufe ich immer den Pizza-Kurier an. Ich bestelle eine Margherita, ganz ohne Fleisch. Da bin ich konsequent. Oft esse ich sie nicht, kann sie nicht essen, weil ich dahinterkomme, daß die ein Messer benutzt haben für die Tomaten oder den Käse, mit dem vorher Fleisch geschnitten worden ist. Da faste ich dann drei Tage lang. Das reinigt ungeheuer. Ich esse nichts, keinen Bissen, außer hie und da eine Tafel Schokolade. – Noch etwas: der Unterschied zwischen Mann und Frau ist obsolet geworden. Wen interessiert das noch heutzutage. Das ist ein historisches Relikt wie die Mammuts oder daß die Giraffen immer noch so lange Hälse haben, obwohl es kaum mehr Bäume gibt in ihren Reservaten, von deren Kronen sie ihr Futter abnagen müßten. – In naher Zukunft werden die Menschen sowieso keine Eltern mehr haben, keine Väter, keine Mütter. Die für die Produktion benötigten Menschen, das werden natürlich viel weniger sein als heute, die werden genetisch hergestellt. Ganz nach dem jeweiligen Bedürfnis. Das ist das, was die Jungen von heutzutage wirklich besser geschnallt haben als wir Alte. Obwohl, mir ist das auch klar. Die Vorteile liegen ja auf der Hand. Wenn es, nur zum Beispiel, in Afrika zu viele Menschen gibt, eindeutig zu viele, da ist dann nicht mehr die Notwendigkeit ganzer ausrottender Kriege. Das geht ja nicht so weiter, wie heutzutage, das ist furchtbar, das kann man nicht mehr mit ansehen. Aber in wenigen Jahren, wenn die Laborvorbereitungsarbeiten betreffend Afrika soweit sind, setzt man die genetische Produktion einfach für eine Weile aus, für eine Generation, man fährt die Produktion auf praktisch Null herunter. Man kann ja in der Zeit für den asiatischen oder polynesischen Markt arbeiten. Obwohl, da gibt's auch zu viele Menschen. – Heutzutage, das ist eine Zwischenphase der Menschheit, so was wie ein totes Loch im Gezeitenablauf, unser Pech, daß wir just da hineingeboren worden sind. Es gibt immer wieder tote Epochen, wenn man in so einer zu leben gezwungen ist, dient man der Geschichte in keinster Weise. Nichts zu machen. Du hast keinen Zweck und keinen Sinn. Wir durchleben eine transitorische Zeit. Epoche A wandelt sich in Epoche B, das braucht seine Jahre. Zum Beispiel hat ein Forscher nachgewiesen, daß es die Zeit zwischen den Jahren sechshundert und tausend gar nicht gegeben hat. Das ist genau dasselbe, in der historischen Erinnerung wird's uns auch nicht geben. Es ist ein bißchen wie mit der Sommerzeit, die damals schalteten einfach vom Jahr 599 auf tausend um. Die verlorene Sommerzeitstunde wird ja auch nie mehr gefunden und fehlt dennoch niemandem. Im Jahr tausend toste der ganze Erdball in Endzeitängsten. Kometen rasten vorbei, Katzen heulten, die Frauen kriegten stachlige Kinder. – Mein Vater starb so: er sagte zu mir, bleib doch heute abend bei mir. Ich fühle mich nicht gut. Aber das konnte ich nicht, das war absurd, wir zwei allein im leeren Haus. Ich war im Zirkus verabredet. Es wurde dann auch eine gute Vorstellung, glaube ich jedenfalls, die Einzelheiten habe ich vergessen. Ich kam spät nach Hause. Im Zimmer meines Vaters war es still, er war eingeschlafen. Er ging immer sehr früh ins Bett, das kam davon, daß er sehr früh aufstand. Um drei, um vier, an ganz guten Tagen um fünf Uhr. Er hatte irgendwelche Neuralgien, deren Herkunft kein Arzt erklären konnte. Schmerzen, die ihn so tobsüchtig machten, daß er reglos an seinem Tisch saß. Da hockte er dann mit zusammengekniffenen Augenbrauen im Licht der aufgehenden Sonne und trank Kaffee, literweise Kaffee, und natürlich aß er jede Menge Schmerztabletten. Treupel, Saridon, wild durcheinander. Er fraß ganze Apotheken leer, seine Niere sah danach aus. Man kann sagen, der ganze Vater sah wie eine Niere aus, wie seine Niere, kaputt, gelblich. Da saß er und rauchte, auch das tat er unmäßig. Nur mit Frauen und dem Alkohol hielt er sich zurück. – Am frühesten Morgen hörte ich mitten in meinen Tiefschlaf hinein ein Geräusch, das so leise war, daß ich nicht einmal sicher war, ob ich's gehört hatte. Wie das Knicken eines Asts. In weniger als einer Zehntelsekunde war ich die Treppe hinuntergerast – ich wohnte im Stockwerk über ihm – und in seinem Zimmer. Da lag er, im Bad. Der Wasserhahn lief. Er lag gegen den Badewannenrand gelehnt, er hatte wohl den Schädel angeschlagen. Er atmete, aber ich wußte sofort, das war das Ende. Kein Zweifel möglich. Ich schleifte ihn durch die Badezimmertür zu seinem Bett, wie einen Sack, muß ich sagen, wie einen sehr schweren Sack. Ich hatte nicht die Kraft, ihn so zu tragen, wie andere Söhne das tun, aufrecht, gefaßt, den toten Vater wie ein Kind vor sich auf den Armen. Ich zerrte und wälzte und hievte ihn also auf sein Bett hinauf. Er atmete jetzt nicht mehr. Irgendwie war jetzt auch meine Mutter da, seine Frau. Stand starr. Sie sprang ja erst viel später aus dem Fenster, das ahnten wir damals noch nicht.

Durst

Variation eines Themas
von Flann O'Brien

Ein Freund von mir, den ich sehr mag, ein Schriftsteller zudem, ein guter und erfolgreicher Schriftsteller, hatte kürzlich eine jener, sagen wir, Krisen, jenen Seelenzustand, jenes unangenehme Gefühl, plötzlich zu nichts geworden zu sein, zu einem Nichts, ohne Vergangenheit, ohne Gegenwart, ohne Zukunft sowieso. Er war nicht nur überzeugt, er werde nie mehr ein Wort schreiben, er war auch sicher, daß er nie eins geschrieben hatte. Seine vielen Bücher, zauberhafte Gebilde voller Herzenswärme, waren für ihn leere Seiten geworden, als sei ihre Schrift ein für allemal gelöscht worden, von Gott oder vom Teufel. Eine Krise eben. In Literaturgeschichten liest sich so was beinah angenehm – Goethe, wie er sich umbringen will; Kleist, wie er es tut –, aber im Leben, ich meine, im Leben meines Freunds, des Schriftstellers, war das alles durchaus unerträglich. Er merkte, daß er weinerlich wurde und wildfremde Menschen zu hassen begann.

Er schloß sich in seinem Zimmer ein, mit einem riesigen Stapel Bücher, Meisterwerken, von Dichtern geschrieben, die keine Krise hatten, im Gegenteil, und die er eins ums andre weglas. Aus irgendeinem Grund hatten es ihm die Dichter aus Irland angetan, jene regennassen Titanen von der grünleuchtenden Insel im sturmgepeitschten Atlantik, die alle O'Casey oder O'Sullivan oder O'Shaughnessy heißen. Diese herrlichen Dichter, diese irischen Urviecher ergehen sich tagsüber alle im peitschenden Regen zwischen Schafen an tosenden Küsten, allein und einsam, in Wettermänteln, laut mit Dämonen hadernd, mit jenen Alben, denen *wir* keine drei Minuten lang gewachsen wären, die sie aber jeden Tag neu zu bannen imstande sind. Sie flehen, sie herrschen sie an, auf gälisch natürlich, in für uns unverständlichen Formeln. Die Fäuste schüttelnd stehen sie auf Klippen und brüllen ihre Wahrheit ins rasende Meer hinaus, unhörbar für Menschenohren. Immer wieder sind sie die Sieger: bis zu jenem Tag hin, da sie leichtsinnig oder alt geworden sind, so daß der Dämon sie mit einem fast nachlässigen Prankenschlag in die Fluten reißen kann. Aber das Bannen der Albe strengt sie natürlich aufs äußerste an, die Dichter. Also, wenn die Sonne hinter den tiefschwarzen Regenwolken untergeht, haben sie Hilfe nötig, eine Stärkung, so etwas wie Rettung, und suchen ein Gasthaus auf, einen *Pub*, dessen Wirt natürlich O'Joyce oder O'Tannenbaum heißt und auch schon einige irische Romane abgefaßt hat, hinterm Tresen. Von Dämonen handelnd. Dort, im Pub, geben sie sich dann alten einheimischen Bräuchen hin, uns unverständlichen Riten, die irgendwie mit dem Füllen und Leeren von Gläsern zu tun haben. Jedenfalls, bei Wirtschaftsschluß (»Last order!«) sind sie wie verwandelt und nähmen es nun, trauten die sich nur, mit einer ganzen Armee von Alben auf, den Albträumen der gesamten Menschheit. Aber die Dämonen sind ängstlich um Mitternacht, die Träume, und halten sich in der Nähe der Gräber auf, wo sie sich am sichersten fühlen, bei den Seelen bösartiger Ahnen.

Nach dem zehnten oder auch zwanzigsten Buch eines dieser irren Iren – es war der Roman *The third policeman* von Flann O'Brien – bemerkte mein Freund, daß das Symptom, nichts, ein Nichts zu sein, in den Hintergrund zu treten begann, verdrängt von einem neuen, das ihm irgendwie noch schlimmer, noch bedrohlicher vorkam, weil er es nicht benennen konnte. Eins, mit dem er auch nicht schreiben konnte, noch viel weniger, bevor er nicht von ihm geheilt war. Einer der irischen Dämonen hatte wohl in dem Buch gehockt und ihn wie ein Virus infiziert. Jedenfalls fühlte er sich plötzlich vertrocknet, dürr, unerklärlich.

Er rief mich an – seine Stimme klang wie die eines von seiner Herde im Stich gelassenen Flamingos –, deutete mir seine Sorgen an, und weil ich mich in Krisen auskenne, empfahl ich ihm einen andern Freund von mir, einen Psychoanalytiker. Ich sagte ihm wahrheitsgemäß, der Psychoanalytiker sei ein erstklassiger Mann, seriös bis über beide Ohren. Er habe sogar noch Anna Freud gekannt. Mein Freund schrie auf, ob ich ihm den Todesstoß geben wolle? Es sei schon schwierig genug, aus sich heraus zu schauen, in die Welt: aber in sich hinein?! Eine psychoanalytische Behandlung könne einem die künstlerische Potenz an der Wurzel ausreißen. – Nun bin ich ein Fan der Methode Freuds und seiner klugen Nachfolger, ein regelrechter Freak, und sagte ihm also, in dem Zustand, in dem er sich befinde, sei es sowieso egal, ob ihm irgendwas ausgerissen werde oder nicht. Sein Schöpfertum, das habe er selber gesagt, sei längst im Müllcontainer. Er könne nichts mehr

verlieren, nur noch gewinnen. – »Meinst du echt?« sagte er.
– Ich führte ihm Woody Allen vor Augen, der sich, seitdem er in Behandlung ist, nicht mehr schämt, in aller Öffentlichkeit Klarinette zu spielen. Ich erinnerte ihn an Wolfgang Hildesheimer, der in Jerusalem seinen analytischen Rebbe gehabt hatte und dann immer mehr wie Moses aussah, obwohl er weiterhin anders als dieser schrieb. An Philip Roth und dessen *shrink*. An Erica Jong, die ohne die Psychoanalyse nie zu ihren *zipless fucks* gekommen wäre, zu nicht so vielen jedenfalls. Ich sprach vom Drama des begabten Kinds, er sei doch eins. »Schau mich an«, sagte ich schließlich. »Vor meiner Analyse hatte ich eine Identität wie Max Frisch, bestenfalls. Heute habe ich eine aus Granit.«

Irgendwie überzeugte ich ihn. Am gleichen Tag noch ging er zu meinem andern Freund, dem Psychoanalytiker. »Was kann ich für Sie tun?« sagte der, als sie einander in bequemen Korbsesseln gegenübersaßen. Er trug Jeans, der Analytiker, und hatte auch nicht, wie in den Witzzeichnungen, Block und Stift in der Hand. Mein Schriftstellerfreund fand ihn sofort so sympathisch, wie er es tatsächlich auch ist. Einzig ein paar Schrumpfköpfe aus Polynesien oder von den Osterinseln, die ihn von einem Regal her aus hohlen Augen anstarrten, beunruhigten ihn ein bißchen. Ehemalige Patienten vielleicht, dachte er.

»Ich habe eine Krise«, sagte er trotzdem. »Meine Kehle ist trocken, staubtrocken, ja, alles klebt förmlich in mir. Sogar mein Speichel fühlt sich wie feiner Sand an. Ich kann so nicht schreiben.«

»Hm«, sagte der Psychoanalytiker.

»Vielleicht hat das«, sagte mein Freund, »mit meiner Mutter zu tun oder mit meinem Vater.«

»Hm«, sagte der Psychoanalytiker. Und als mein Freund, statt weiterzusprechen, nur verzweifelt mit seiner trockenen Zunge auf den rissigen Lippen hin und her fuhr – es klang, als kratze er mit Sandpapier über eine Terrassenbrüstung –, fügte er an: »Erzählen Sie mir, was Ihnen zu Ihrem Symptom einfällt.«

»Was mir *einfällt*?«

»Ja.«

»Eine Wüste«, sagte mein Freund, dessen Stimme tatsächlich eher der eines schräg in den Angeln hängenden Scheunentors glich, das im Winde quiert. »Ich weiß nicht, warum, ich bin in einer hitzeglühenden Wüste ausgesetzt, einsam und allein, ohne jede Ausrüstung, so wie ich jetzt vor Ihnen sitze. Aus dem Flugzeug gefallen vielleicht.«

»Hm.«

»Ich gehe und gehe, immer vorwärts. Die Sonne glüht. Die Luft ist wie der Atem der Hölle. Ich keuche, und vor meinen Augen flimmert die Luft. Die Füße, nackt, schmoren, stinken. Ja, trotz meiner Erschöpfung tanze ich wie ein Derwisch, dessen glühende Kohlen nicht halb so heiß wie mein Sand sind. Ich will um Hilfe rufen, aber nur ein undeutliches Krächzen verläßt meinen Mund und fällt ungehört vor mir auf den Boden. Ich schleppe mich, ohne mich zu wundern bereits, an einem ausgebleichten Skelett vorbei, einem Menschen wie Sie und ich...«

»Na!« sagte der Psychoanalytiker und hüstelte.

»...dem noch ein paar Jeansfetzen am beinernen Hintern hängen. Vielleicht ist er aus dem Flugzeug gefallen.

Sein Knochenschädel grinst mich an. Meine Zunge ist ein Klumpen, der mir die Luftröhre verstopft. Ich krieche inzwischen auf allen vieren, mit schmorenden Handballen nun auch, den stieren Blick auf den Horizont gerichtet. Eine Oase: Palmen, ein See voll blauem Wasser, eine Hütte, die gewiß eine Imbißstube ist. So taumle und gehe ich, und immer mehr spüre ich mein Symptom, dieses unerklärlich Trockene, hier, ja...«

»Ja«, sagte der Psychoanalytiker, als meinem Freund die Stimme erstarb, seinerseits eher wie ein Korkrabe klingend.

»...und obwohl ich weiß, tief im Innern« – der Schriftsteller sprach weiter, mit einem brennenden Hals –, »daß mir der Horizont ein Phantom zeigt, eine Fata Morgana, klammere ich mich an dieser Hoffnung fest, dieser Verheißung. Ich krabble stöhnend, das Kinn durch den Sand schleifend, an einem Reisebus voller Skelette vorbei – kein Benzin mehr –, und jetzt wird das Symptom unerträglich. Staub, Dürre, Glut.« Die Stimme meines Freunds versagte endgültig. Er schwieg.

»Sie haben –«, sagte der Psychoanalytiker, hielt aber inne, weil seine Stimme wie Laub klang, durch das müde Greise schlurfen. Er hatte die Lösung auf der Zungenspitze, die Erlösung des armen Patienten, der sich vor ihm in seinem Elend wand. Aber irgend etwas erlaubte ihm nicht, sie zu formulieren, und so schwieg also auch er und dachte, während sein Patient auf die Schrumpfköpfe starrte, über die Phänomene der Gegenübertragung nach, die er übersehen haben könnte und die sein Denken und seine Stimme lähmten. Habe ich etwas gegen Schriftsteller?

fragte er sich. Gehen mir Schriftsteller auf die Nerven? Kann ich dieses ganze larmoyante Schreiberpack ganz einfach nicht ausstehen? – Er schwitzte.

»Vor den brechenden Augen immer noch die Palmen, der See!« Der Schriftsteller, mein Freund, hatte sich etwas erholt. »Plötzlich knalle ich mit dem Kopf gegen etwas Hartes. Als ich aus meiner Ohnmacht aufwache, sehe ich die Tür des Imbisses vor mir. Sie ist keine Fata Morgana. Die Oase ist tatsächlich eine Oase. Ich erhebe mich stöhnend, ein Anblick des gräßlichsten Jammers, von Geierhorden umhüpft. Es gelingt mir, die Türklinke niederzudrücken, und dann taumle ich in einen düstern Raum – an der Decke ein sich träge drehender Ventilator – und falle auf einen Barhocker. Die Geier, vor der offnen Tür, schreien auf vor Empörung. Einer wagt sich bis auf die Schwelle und gakkert drohend in meine Richtung, bis ihm die Schwingtür an den Kopf dröhnt und er still ist.«

»Ich verstehe«, sagte der Psychoanalytiker. Er sah die richtige Deutung immer noch nicht mit letzter Klarheit. Er versuchte ein Lächeln, das ihm, weil seine Gesichtsmuskeln wie vertrocknete Hanfseile waren, zu einer Grimasse mißriet.

»Gar nichts verstehen Sie!« Mein Schriftstellerfreund klang jetzt wie ein unregelmäßig brennender Schweißbrenner. »Ich sitze entkräftet da, bis endlich der Wirt auftaucht, ein Araber namens Hadschi Halef O'Mar, mich anstarrt und sagt: ›Was haben Sie denn??‹ – Ich hebe den Kopf und will es ihm sagen. Aber ich kann es nicht, ich kann es einfach nicht.«

»Sie haben Durst«, rief der Psychoanalytiker, erlöst. Er

schrie es beinah, obwohl das, was er schrie, eher so klang, als spucke er Nägel auf den Fußboden. Er hatte einen roten Kopf, so was wie einen Blähschädel, und schwitzte nun so heftig, daß er aussah, als stehe er unter einer unsichtbaren Dusche. »Durst, jawohl!« Er packte seinen Patienten an der Gurgel. »Durst, Mann!« Der Schriftsteller, blau im Gesicht, faßte seinerseits nach dem Hals seines Gegenübers. Beide standen nun. Eine Weile lang rangen sie wie zwei Sumo-Kämpfer miteinander, stumm, gurgelnd, schwerfällig, sich quer durch den Raum schiebend. Die Sessel fielen um, der Schreibtisch. Einer wischte mit dem Ellbogen die Schrumpfköpfe vom Regal. Der andre zertrat sie. »Sie haben Durst!« brüllte der Psychoanalytiker, als sich der Würgegriff seines Kampfpartners einmal lockerte. »Durst haben Sie!« Er ließ ihn los.

»Wieso ich?« heulte mein Freund. »Wieso immer nur ich??«

»*Ich* habe Durst!« Der Psychoanalytiker starrte ihn perplex an. »Natürlich! *Ich* habe Durst. Warum haben Sie das nicht gleich gesagt?«

»Wir haben beide Durst.«

Sie fielen einander in die Arme, erschöpft. Wenn sie Tränen gehabt hätten, hätten sie geweint. Sie sahen wie ein uraltes Liebespaar aus, bei seiner allerletzten Umarmung, oder wie Vladimir und Estragon, wenn Godot schon wieder nicht gekommen ist. An der Decke drehte sich leise ein Ventilator.

»Eine tadellose Deutung«, sagte der Schriftsteller endlich.

»Danke«, sagte der Psychoanalytiker.

»Nur«, sagte der Schriftsteller. »Wir haben immer noch Durst.«

»Deuten allein hilft gar nichts«, sagte der Psychoanalytiker. »Wir müssen die Deutung zusammen durcharbeiten.«

»Und dann ist der Durst weg?«

»Ja.«

»Eine andere Lösung gibt es nicht?«

»Nein.«

Sie schwiegen wieder, sich stützend, keuchend, sich kleine, tröstende Klapse auf die Rücken gebend. – So fand ich sie. Ich hatte den Schriftsteller abholen wollen, neugierig zu erfahren, wie die Behandlung angeschlagen hatte. Durch die Tür hatte ich die allermerkwürdigsten Geräusche gehört. Versuchte sich mein anderer Freund an neuen Therapieformen, zu denen auch das Umstürzen von Möbeln und das Zerschlagen von Fensterscheiben gehörte? Ich lauschte ziemlich lange. Man dringt nicht mir nichts, dir nichts in eine Therapie ein, nur weil man mit beiden Beteiligten befreundet ist. Andrerseits kam ich mir mehr und mehr wie ein Bub vor, der an der Schlafzimmertür seiner Eltern horcht – die gleichen Geräusche wie damals, Keuchen, Brüllen, zersplitternde Möbel –, und ich trat die Tür mit einem entschlossenen Fußtritt ein. Meine beiden Freunde, Wange an Wange in der Mitte des Raumes stehend, starrten mich an. Sie versuchten, mir etwas zu sagen, aber ihre Stimmen, auch wenn sie gemeinsam sprachen, klangen wie ein Distelgebüsch im Abendwind. Unverstehbar, obwohl ich mein Ohr an ihre Münder legte.

»Gehen wir was trinken«, sagte ich schließlich.

»Was??«

»Ein Bier.«

Es wurde ein schöner Abend. Meine Freunde hatten bald wieder ihre altvertrauten Stimmen. Wir redeten von dem oder jenem, und als die Polizeistunde da war, berichtete der Schriftsteller von seinen nächsten Buchplänen, sprudelnd vor Begeisterung. Auch der Psychoanalytiker war bester Dinge und wollte bei Ikea neue Möbel kaufen. Neue Schrumpfköpfe. Auf dem Heimweg – ein voller Mond – hätten wir alle gern einige Albe getroffen, Dämonen, um sie tüchtig zu verhauen. Aber auch unsere einheimischen Geister wagten sich nicht in unsre Nähe.

Paradies

Mitten in der Stadt wohnen wir im Paradies, meine Frau und meine Tochter und ich, und wenn ich darüber rede, über das Paradies, stimmen die beiden Frauen mir stets zu. »Was für ein Paradies!« sagen auch sie, wenn wir durch die Blätter unseres Geißblatts nach draußen schauen. Von dem Fenster, hinter dem ich arbeite, sehe ich in unsern Garten hinaus, auf einen Kiesstreifen, der in der Sonne leuchtet und so schmal ist, daß ein Pingpongtisch nicht darauf Platz hätte. Unsere Gäste, machen wir einmal eine Gardenparty, müssen wie die Hühner in einer Einerkolonne der Hausmauer entlang sitzen, die Köpfe im Gewimmel der Geißbaumblätter, in denen Spinnen krabbeln. Hinter dem morschen Lattenzaun, auf den alle schauen, sind andere Gärten, auch sie keine weit dahinfließenden Grasmeere, sondern ähnlich verwinkelte Baulücken, in denen trotzdem viel Grünes wächst. Sonne auch in ihnen. Sogar Schmetterlinge gaukeln da und dort. Vögel auf jeden Fall, Bienen, Hummeln. Nach links sehe ich eine südliche Landschaft, so etwas wie das Maggiatal, wobei ich das braune Mauerstück einer Sektenkirche ignoriere. Nach rechts: die Côte d'Azur. Eine einsame riesige Pinie steht im Grasstreifen eines Elektrofachgeschäfts. Noch mehr als die Kirche halluziniere ich die riesenhohe Mauer eines Hauses weg, das direkt vor unserer Nase, zwei Drittel des Blicks versperrend, in die Höhe wächst. Sie ist blau bemalt, voller Alterswolken, so daß wir mit verschwimmenden Augen bewußtlos sehen, wie sie sich in einen weiten Himmel verwandelt. Unendliche Luft vor uns, und oft vermögen wir bis ins wirkliche Paradies zu schauen. Wir atmen. »Mmm«, hatte meine Mutter früher oft selig vor Glück geseufzt. »Das gute Ozon!« Heute ist das Loch über uns. Erneut ein, zwei Prozente größer. Wir tragen Hüte.

Ich habe diesen Text heute nacht geträumt, so ungefähr allerdings nur, obwohl ich mich bemühe, nichts mehr zu tun, als ihn zu reproduzieren. Er rann aber wesentlich schneller aus mir heraus, geläufiger und böser. Er war auch recht lange. Ich war ziemlich entzückt, im Traum, und sagte träumend zu mir, das schreibst du morgen auf. Gleichzeitig machte ich mir so etwas wie Vorwürfe, weil die ganze Angelegenheit, seitenlang vor sich hin perlend, formal ziemlich anspruchslos war. Einfach eins nach dem andern, so wie ich auch rede. Und meine Frau, mein Kind traten genau so auf, wie sie sind! Was soll ich denn machen? antwortete ich mir im Traum. Meine Frau in einen Oleander verwandeln? Die Tochter in eine Katze? – In der Nacht zuvor hatte ich geträumt, daß Ossi Wiener mich erwürgt, aber das gehört nun wirklich nicht hierher.

Als ich meine Frau kennenlernte (ich erinnere mich erst wieder ans Ende meines Textes, und für das ist's noch zu früh), trug sie einen braunen Badeanzug. Ich kriegte auf der Stelle einen Steifen. Sie sah es, und ich sah, daß sie es sah, und wollte im Erdboden versinken. Ein paar Jahre später heirateten wir. Wir zogen in ein fremdes Land. Sie lernte eine neue Sprache, die sie inzwischen, wenn nicht besser, so doch schöner als ich beherrscht. Sie hat einen kleinen Akzent und macht Fehler jener Art, daß man ihr besonders aufmerksam zuhört. Sie pflanzt überall Bäume und Blumen. Nur in Japan habe ich noch kleinere Gärten mit noch mehr Blumen gesehen, in Büchsen dort oder Ölkanistern. Das gefiel mir, obwohl mir sonst Japan nicht gefiel. Die schrecklich höflichen Menschen, die dir nie sagen, was sie denken. Oder, schlimmer, die das Nichts, das sie sagen, tatsächlich meinen. Auf der kleinen Metalltreppe, die aus dem Badezimmer in den Garten hinunterführt, steht ein Bonsaibaum, eine zwerggroße Föhre oder Latsche, die ich damals von meiner Reise nach Hause gebracht hatte. »Hast du sie noch alle?« hatte meine Frau gesagt. »Warum keinen Gartenzwerg?« Ich hatte das liebe kleine Bäumchen ein paar tausend Kilometer auf Händen getragen! Ich antwortete, ja, ich hätte alle noch, und erzählte ihr, wie der *Security officer* auf dem Flughafen von Tokio »Bonsai! Bonsai!« rufend durch die Sperren gerannt war, mit meiner Latsche im Arm, während alle andern Beamten ihre Arbeit unterbrochen hatten und ihm mit einer geradezu religiösen Verzückung nachsahen. – Wir haben auch einen Olivenbaum. Er steht, jung noch, in einem Topf und soll, einmal im Boden, der nördlichste Olivenbaum Europas werden. Er ist Portugiese. Wenn ich ihn gieße, sage ich ein paar Worte in seiner Muttersprache zu ihm. »Na? Sind wir wieder gewachsen?« Als ich ihn in einer Baumschule weit hinter Monchique kaufte und so etwas wie *»Boa tarde, Senhor, teng oliveiras, por favor?«* sagte, antwortete mir der Gärtner: *»Black or white?«* Ich sagte *»white«* – oder *»black«*? – und spreche seither mit niemandem mehr portugiesisch, nur noch mit meinem Baum. In der Sonne hier gedeiht er prächtig. Er schießt förmlich in die Höhe, obwohl wir am nördlichen Ende einer früheren Gletscherzunge leben. Im kommenden Winter, falls er kommt, will ich seinen Stamm mit Stroh umwickeln, wie die Palmen im Frankfurter Palmengarten; aber ich frage mich, ob das nötig sein wird.

Dann ging der Text im Traum so weiter, daß es aus war mit dem Paradies, denn die Sonne trat in ihr Recht und tat, was ihre Bestimmung ist, brennen, und wir brannten mit ihr und atmeten Feuer und lagen betend in den Kellern, wenn sie über den Himmel zog. Wir machten die Nacht zum Tag. Mußte einer quer über die Straße rennen, aus irgendeinem sehr dringenden Grund, trug er silberglitzernde Alufolienkleider. Dicke schwarze Brillen. Eine verregnete Nacht nannten wir gutes Wetter und gingen einkaufen. Den See vergaßen wir. Die Wanderungen im Wald vergaßen wir. Den Garten sogar. Wie taten mir die Kinder leid. Wie tat ich mir leid. Ich schrie, in meinem Traum, wie sicher ich sei, daß wir uns alle umbrächten, schneller als jeder heute denke. Uns!, nicht ferne Generationen. Daß wir einzeln einsichtig, zusammen aber rettungslos dumm seien. Daß uns das töten werde. »Den Weltkrieg überleben konnten wir«, schrieb ich, rief ich. »Aber diesen Frieden, wie soll das gehen?« Ich hatte, im Traum, viel Verständnis für ein paar Frauen und Männer, die jäh durchdrehten und alle Gäste eines McDonald's niederschossen und später einen Konzernherrn oder Minister, als der gerade in sein schwarzes Auto steigen wollte. Schon als Baby war ich mir als Opfer vorgekommen. Frauen, die nachts daherschlichen und mir Kissen aufs Gesicht drückten. Also, kaum konnte ich mich bewegen, überlegte ich fieberhaft, wie man es machte, rechtzeitig schnell zur Seite zu springen. Aber wie der Sonne ausweichen?! »Wenn wir unsterblich *und* steril wären«, sagte ich hektisch im Traum, »hätten wir eine Chance.« Aber so? Oh, Welt. Du Sonne! – Die Sonne ist eine glühende Kugel, in der die Erde eine Million Mal Platz hätte, oder mehr. Sie ist so heiß, daß die Atome ganz von alleine bersten. Tschernobyl, jede Sekunde. Sie wird noch eine Million oder eine Milliarde Jahre so weitermachen und dann in sich zusammenfallen, nach einer letzten Explosion. Dann wird sie ein schwarzes Loch. Ein kleiner Kiesel dieser kalten Sonne wird eine Tonne schwer sein. – Den Indianern vom Stamme der Navajos war die Sonne ein Freund. Sie veranstalteten Wettläufe mit ihr und entdeckten so, daß die Erde rund ist. Der Sohn eines Häuptlings verlor sie erst in Zentralasien aus den Augen, nachdem er so schnell gerannt war, daß er zuerst den ganzen Kontinent – die Navajos lebten in der Gegend von Madison, Wisconsin – durchfegt hatte und dann so schnell über den Pazifik gewirbelt war, daß er keine Zeit zum Ertrinken gefunden hatte. Erst an der Chinesischen Mauer scheiterte er. Verbrachte eine verzweifelte Nacht, zum Himmel heulend. Kam dann doch irgendwie über das Hindernis hinweg und von Osten her nach Hause, auf einem Auswandererschiff aus Bremen, das in New York anlegte. Der Einwandererbehörde erzählte er in seiner Sprache seinen Lauf und dann, daß alle Häuptlingssöhne seines Stamms Kinder der Gestirne seien. So sei er seiner Mutter nachgelaufen, der Glühenden, während der Vater, der Mond, stets unsichtbar blieb. Auch in China, das er nicht so nannte, sei der Himmel schwarz geblieben, voll mit Sternen nur, seinen Geschwistern. – Eine Nacht lang hätten sie zusammen gesprochen. – So kam er schließlich als chinesischer Einwanderer in sein eigenes Land zurück, und als er endlich bei seinem Stamm anlangte, waren Vater und Mutter tot, und niemand erkannte ihn. Die Navajos liefen nicht mehr.

Zaun an Zaun mit meinem Paradies ist eine Gartenwirtschaft. Ihre Gäste nennen sie auch ein Paradies. Ich höre sie oft, wie sie unter den Rebenblättern sitzen und trinken und rufen, Emil, ist es nicht paradiesisch hier, Marie? Zwischen den beiden Gärten pendelt unsere Katze hin und her, ein Tiger, der Canelloni heißt, aber von jedermann Buju gerufen wird. Buju, wie erträgst du die Sonne? Buju liegt tagelang im Schatten eines Schuppens, und nachts jagt er Paradiesvögel und legt sie uns auf die Türschwelle. Natürlich loben wir ihn. Bujus Mutter ist neurotisch, wohnt auch in unserm Haus und fürchtet ihren Sohn, den sie, glaube ich, als solchen nicht erkennt. Der Vater, Kollege Essig, geht zuweilen in der Ferne vorbei, stolz, alt, ein Herr, der mich ein bißchen an Elias Canetti erinnert.

Ich habe die Beine auf den Tisch gelegt und bin glücklich. Hinter der Kirche, aus der ferner Orgeljubel dröhnt, geht die Sonne unter. Morgen kommt sie wieder! Es ist schön hier. Fern rauscht der Verkehr, einem Meere gleichend. Meine Frau, die einen Badeanzug trägt, setzt sich zu mir. Sie ist braungebrannt und sieht gesund wie noch nie aus. Auch meine Tochter tollt herbei. Sie trägt ein T-Shirt, auf dem Happy steht, und geht mit Ballettsprüngen. Sie erzählt uns, was sie später tun will. Dann sitzen wir einfach nur so da. Wir sind still geworden. Das Abendlicht glüht in der Pinie.

Orpheus, zweiter Abstieg

Orpheus, allein geblieben, brachte keinen Ton mehr aus sich heraus. Nichts. Ich weiß es, er hat es mir erzählt. Stumm gingen seine Tage dahin. Die Nächte blieb er wach, ihm war, als risse ihm einer das Herz immer erneut aus der Brust. Er schrie, er stierte in die Nacht, schrie erneut. Tagsüber ging er ziellos. Ging über Wiesen, durch Wälder und über Ebenen, auf denen Steine lagen. Er hatte sein Pferd bei sich, einen Klepper, keinen andern Gefährten. Er irrte planlos zwischen Geröllen, vielleicht aber suchte er insgeheim den Eingang der Unterwelt, den er ja schon einmal gefunden hatte. Er hörte seine Seufzer und merkte nicht, daß er es war, der so stöhnte. Die Berge warfen sein Geheul zurück, so daß er meinte, *sie* brüllten so. Das ist wahr, ich glaube Orpheus jedes Wort, soweit man einem glauben konnte, der so leise sprach, daß ich ihn kaum hörte.

Er ritt mißtrauisch wie ein Vogelfreier, witterte hinter jedem Fels eine Falle. In jeder Mulde einen Hinterhalt. Aus Nagelfluhhöhlen vermeinte er Mörder rennen zu sehen. Nichts aber geschah, nichts, in den Höhlen waren Kothaufen von Wanderern. Alles tat ihm weh, Orpheus, und was ihn hätte heilen können, das Singen, gelang ihm nicht mehr. Seine Finger auf der Leier steif. Die Fünftonschritte, einst so schön, klangen falsch. Tatsächlich, wenn er jetzt vor sich hin brummte, im Vergeß, wenn er sich allein im Garten glaubte, klang er völlig entsetzlich. »Dabei hatte ich mein ganzes Leben sorgsam vorausgedacht«, sagte er, als wir einmal zusammen auf der Bank vor dem Gartenschuppen saßen und über die Blumen hinschauten, die ihn umwucherten. »Alles war genau geplant. Wie ich zuerst mit unermeßlicher Geduld die Handgriffe übte und Tonleitern sang; irgendwo, wo mich niemand hören konnte. Wie ich dann, wie aus Versehen, die Fenster einmal offenließ beim Üben, und tatsächlich, als ich durch die Vorhänge lugte, waren ein paar Spaziergänger stehengeblieben und spitzten die Ohren. Wie ich daraufhin mein Versteck verließ und im Freien sang; und bald hatte ich eine ganze Rotte, die mir nachging. Wie endlich Tausende, ganze Stadien voll, zu meinen Konzerten kamen. Ich sang nun wie ein Gott, ja, kein Gott hätte es besser gekonnt, und nur ein paar wenige konnten es so wie ich. Die Menschen lagen mir zu Füßen.«

Ich glaubte ihm auch das. Er sprach zwar ein undeutliches Altgriechisch, aber dem Sinn nach sagte er durchaus etwas von der Art. Warum sollte er mich anschwindeln? Nichts macht die Menschen unschuldiger als die Verzückung durch einen Gesang. Mörder lauschen reinen Herzens neben Tyrannen. Nichts macht sie glücklicher, und so lebte Orpheus mitten unter Glücklichen. War selber, wie auch anders, ein Glücklicher.

Den Gang in die Unterwelt hatte er aber nicht mehr vorausgedacht, sofort tat er das Falsche. Und schon gar nicht hatte er bedacht, daß nach seinem Besuch bei den Toten das Leben weiterging. Daß er nun neue Lieder brauchte. Andere Töne. – Aber wie das Niegehörte singen? Ihm blieb das Grunzen, das Stöhnen, das Schreien: dem niemand gern zuhörte, er selber ja nicht. Wer mag einen Sänger, der vor sich hin heult.

Er ging nur noch selten nach Delphi, kaum je eigentlich, überhaupt nicht mehr, denn die von Delphi, Hohepriester einer neuen Generation, zeigten ihm die kalte Schulter. Vergaßen ihn. Er hatte jetzt Runzeln im Gesicht, weiße Haare. Sein Rücken tat ihm weh, wenn er sich bückte. Die Seherinnen waren Kinder, sie waren so jung, daß sie seine Töne von damals nie gehört hatten. Sie prophezeiten Ereignisse, die jenseits seines Horizonts lagen. Die Erde werde dereinst so voll sein, daß nur der überlebe, der die Nächsten morde. Jeder sei dann eines jeden Nächster, und es gehe darum, wer, ohne zu fragen, ohne zu denken, ohne zu fühlen, schneller töte; auch wenn das Opfer aussche wie man selber. Es werde kein Platz mehr sein, Delphi ein Gewimmel aus Menschen in allen Farben, mit Kanistern auf dem Kopf, mit Körben unterm Arm, auf der Flucht von da nach dort. Kinder ohne Körper, nur Haut über den Gebeinen. Es werde in dieser Zukunft nur noch Fliehende geben, keine Bleibenden mehr. Alle würden alle fliehen, Leichenhaufen hinterlassend. – Das waren die Prophezeiungen der Priesterinnen von Delphi, dreizehnjährigen einbeinigen Mädchen, deren zweite Beine verdorrt oder getrocknet den alt gewordenen Seherinnen von einst als Gehhilfe dienten, auf die sie sich stützten. Noch war ja Platz zum Hüpfen, die Prophezeiung war noch nicht wahr geworden.

Orpheus, o ja, er konnte noch durch leere Wüsten gehen, die gab es noch. Da und dort ein in blaue Tücher gehüllter Mann, ein Schatten, fern in der untergehenden Sonne leuchtend. Ein Kamel auf einer Sanddüne am Horizont. Orpheus hinterließ eine Spur im Sand, seine beiden Füße und die vier Hufe des Kleppers. Der Wind wehte die Stapfen nach einer Weile wieder zu. So blieben alle andern Menschen – waren sie Tuareg? – spurlos, Geister, für ihn wenigstens. Kaum, daß er jemals mit einem sprach. Delphi war weit weg, auf einem andern Kontinent vielleicht. Vielleicht auf einem andern Planeten. Das, wo er ging, sah durchaus wie der Mond aus; wie der Mars. Konnte es sein, daß die Furien, die Larven ihn, statt nach Hause, auf einen andern Stern entlassen hatten? In eine fremde Zeit? Keine Lieben mehr, keine Vertrauten, Delphi unauffindbar? – Wie war sein Leben herzlich gewesen! Wie hatte ihn sein Haus entzückt! Wie hatte er seine Freunde geliebt! Und wie, ach, Eurydike. – Im Garten hatten sie gesessen, am Ufer des Meers, in einem Hain, auf weißen Steinen, von Hummeln umsummt. Immer kam einer, eine ging. Gelächter nah, fern, Geplapper. Katzen schnurrten, ja, die Katzen waren auch noch am Leben. – Er erinnerte sich kaum mehr.

Er saß neben mir und pflückte, ohne hinzuschauen, ohne es zu wissen, denke ich, eine rotgelbe Blume, eine Aster vielleicht. Er sah, weiß Gott, eher wie ein Landstreicher als wie ein Sänger aus. »Dann paßte ich wohl einige Augenblicke lang nicht auf«, brummte er. »Jäher als plötzlich war ich jenseits der Schwelle, die kaum einer rechtzeitig bemerkt, jenseits jenes tückischen Eingangs, von dem es nur ein Zurück gäbe, wenn man den nächsten Schritt nicht täte. Aber den tut ein jeder, den tat auch ich, das Herz starr im Todesschreck, genau wie beim ersten Mal schon.« Er stöhnte. »Ich, der ich hätte gewarnt sein müssen. Der als einziger hätte wissen können, welche Fallen die Furien stellen. Aber nein, nichts da, ich stolperte auch ein zweites Mal wie ein Blinder durch den Riß in der Schöpfung, der das Hier vom Dort trennt.« Er hieb sich mit der flachen Hand gegen die Stirn und sah mich mit weit aufgerissenen Augen an. »Vielleicht wollte ich es ja, kann sein. Jedenfalls, du gehst ahnungslos im Diesseits, dein Liedlein auf den Lippen, du siehst den Weg völlig genau vor dir, die Steine, die Biegung dort, den fernen im Wind gekrümmten Baum, und dann träumst du einen Moment lang oder nicht mal so lange und tust den verheerenden Schritt.« Er ließ die Aster fallen. »Jede Katastrophe ist jäh, und diese besonders. Ein Blitz, der dir ins Herz einschlägt. Ein anderes Licht, sofort, kein Licht mehr eigentlich. Alles diesig. Eine fette Luft. Der Himmel über dir schwarz, falls dieses niedere Gewölbe ein Himmel ist. Schleimig, ein Schleimdach eher.« Er sah vor sich hin, als könnte sich da die Erde auftun. Ein Sperling hüpfte, viele Sperlinge hüpften vor ihm im Gras. Sie zwitscherten und pickten an der Aster herum. Aber ich glaube, er sah und hörte sie nicht.

»Unter meinen Füßen war Kies«, sagte er. »Schlick, ein schmaler Pfad, der steil nach unten führte. Ich war ihn schon einmal gegangen, kein Wunder, daß ich laut brüllend zurückrennen wollte. Auf allen vieren dem Eingang zu. Aber das ging nicht, das war ja just die Falle.« Jetzt lachte er so, daß die Spatzen aufflogen. »Wer auf dem Kies in der Gegenrichtung nach oben rennt, rutscht nur noch schneller bergab, in einem schwarzen Geröll scharrend, in Knochen, Schädelteilen.«

Er kannte das schon, erschrak nicht weniger, sondern mehr. Fern sah er den Eingangsriß, einen Lichtstrich, immer höher oben, immer schmaler werdend. Dann schloß er sich ganz. Draußen, gewiß, war nun nichts mehr zu bemerken. Die Spur hörte einfach auf, sowieso wehte ja auch der Wind. Andere, die Tuareg zum Beispiel, tappten keineswegs in die Unterweltsfalle, obwohl sie den genau gleichen Weg ritten. Die Spalte öffnete sich nicht für jeden. Viele müssen das Leben länger aushalten, die Erde, falls das die Erde war, dieses Getrümmer, falls das nicht doch ein anderer Stern war. Nicht das, wovon Gott gesprochen hatte, das Paradies, sondern eine Welt fernab. Es gibt ja so viele Welten, eine mehr oder weniger, was spielt das für eine Rolle. Ein Zusammenprall zweier Milchstraßen irgendwo im All, ein kleines Gemenge gibt das, ein unhörbares Krachen und Zerschellen, einen Urknall, und dann ist das All wieder schwarz, als sei nie etwas gewesen. Tausende von Erden vernichtet, wen kümmert es. Um so mehr, wenn ein Einzelner verendet.

Was geschah mit Orpheus' Pferd? Ich glaube, es blieb in der Wüste. Trottete dem Geruch irgendwelcher Kamele nach. Erreichte vielleicht eine Oase oder das Gestade des Meers gar, soff und soff. Es war das glücklichste Pferd weit und breit. Es vermißte seinen Herrn nicht, dessen Gesang es nie gehört hatte. Weil, zu seiner Zeit, da hatte der nur noch im Kopf innen gesungen.

»Das Pferd«, brummte Orpheus. »Genau. Wo ist eigentlich das Pferd geblieben?«

Orpheus hatte sein Gesicht dem Talboden zugewandt. Das Sichwehren hatte er aufgegeben. Er federte mit weichen Knien das Tempo des Abstiegs ab. Wie beim letzten Mal sah er die brennenden Seen, die taumelnden Toten, die Schädelberge, die Haufen aus Brillen, aus Goldzähnen, das Kind, das seine tote Mutter mit Dreck fütterte. Erschlagene voller Blut, ohne Arme, Kinne. Von Minen Zerrissene. Schreiende Frauen, den Berg hinabstürzend, wie er. Verstümmelte Männer, die ihm Verfluchungen nachriefen. Dabei, was konnte *er* dafür. Viele Alte schienen nicht zu wissen, wohin. Sie tappten dahin, dorthin. – Endlich gelangte er auf die Ebene unten. Graues Gras, graues Licht, alles grau. Da standen sie wie beim letzten Mal, die Seelen, eine Wand aus Abermillionen Seelen. Waren es die von damals oder neue? Die Musik war jetzt auch da. Furien? rief er. – Ja! – Geister? – Ja! – Und als sie sangen: Du wagst es, Sterblicher?, da rief *er* ja!, nein!, eigentlich, ich wage es nicht, es geschieht mir, was ist mit meinem Herzen geschehen? Ich bin Orpheus, ihr kennt mich doch, Orpheus, wir haben doch schon zusammen gesungen, in einem frühern Tod, in einem alten Leben, auf einem andern Stern. Als in Delphi die Prophezeiungen noch leicht zu deuten waren, was geht am Mittag auf zwei Beinen und am Abend auf dreien, der Mensch natürlich. Aber heute, Furien, heute ist jeder dankbar, Erinnyen, wenn ein anderer Kontinent verhungert und nicht der eigene. Heute hält sich jeder, Geister, einen Fernseher auf der Erde droben, nur um zu kontrollieren, wie nahe die Todesschwadronen seinem Haus schon gekommen sind. Ah, die Erleichterung, wenn das Morden noch einige Meilen weit weg ist, hinter einem Meer vielleicht, hinter einer Wüste zum mindesten oder hinter hohen Mauern voller Stacheldraht und mit Glassplittern obendrauf oder wenigstens hinter einem Polizeikordon, schräg in die heulende messerschwingende Menge hineingelehnten Beamten, die sich an den Händen halten, Warnschüsse abgeben und dann auch gezielte. Noch trifft es die dort drüben, das ist beruhigend, obwohl sich niemand mehr richtig ruhig fühlt. Es ist, Geister, eine große Unruhe in der Oberwelt. Alle stürzen immer schneller einem Ende entgegen, Furien, die Uhrenindustrie hat jetzt schon Chronometer entwickelt, die die Stunde in knapp zehn Sekunden hinter sich bringen. Was waren das für Urlaube einst gewesen, arglos in den Ländern unserer Mörder, ein paar Schüsse nur weitab im Gebüsch, während wir in den Hotels das Büffet stürmten. Blaue Wogen, in denen wir uns tummelten. Hie und da ein abgesprengter Fuß, rot blutend noch, sonst tiefer Frieden.

Orpheus ging auf die Furien zu, was hatte er zu verlieren. Er schritt mitten unter ihnen, die nicht zurückwichen, ihn zuweilen sogar zwangen, durch sie hindurch zu gehen. Dann war ihm wie ein Frösteln auf der Haut. Er starrte in ihre Gesichter, in jedes einzelne, ein zweites Mal wollte er Eurydike nicht verlieren. Diesmal würde er sich nicht umdrehen, nein, so blöd war er nicht nochmals. Er ging und ging, sah in Millionen Geistergesichter. In Milliarden vielleicht. Die Furienfratzen waren durchaus verschieden, keine glich der andern. Sie waren lang oder dick oder rund. Alle allerdings hatten leere Augen ohne ein Erinnern. Alle waren grau. Und bei allen hingen die Mundwinkel herab, als hätten sie nie ein Lachen gekannt. Dabei, was hatte Eurydike gelacht! Die Prüfung dauerte Stunden, Jahrhunderte vielleicht, gäbe es in der Unterwelt eine Zeit. Sie waren ja so viele Tote, und auf Tausenden von Nachen kamen immer neue über den Fluß.

Als Orpheus bei der letzten Furie ankam, einer kleinen, traurigen, als sie ihn auch an niemanden erinnerte, an nichts, da schrie er auf und stürzte den steilen Weg nach oben. An der alten Stelle von damals war er so außer Atem, daß er stehenblieb und sich umwandte. Die Seelen waren verschwunden. Nur die eine, die kleine, stand noch da und sah zu ihm hoch. Orpheus hob eine Hand. Einer Larve zuzuwinken! Er stieg weiter. Ebenso jäh wie beim Eintritt in die Welt der Verlorenen stand er wieder in der unsern.

»Ich habe sie nicht erkannt«, murmelte er. »Stell dir vor, ich habe Eurydike nicht erkannt.« Er pflückte, ebenso abwesend wie beim ersten Mal, eine neue Blume, eine Margerite.

Diesmal hatte die Unterwelt ihn just in meinen Garten ausgespuckt. In unsre Zeit hinein. Ich war gerade dabei gewesen, ein Feuer zu machen, um altes Holz zu verbrennen und auch ein paar Manuskripte. Seit Monaten war mir nichts mehr gelungen, und ich wollte die Zeugen meines Scheiterns aus dem Weg räumen. Ich war ziemlich verblüfft, als Orpheus plötzlich dastand. Er schaute allerdings noch verstörter. Wir starrten uns durch die lodernden Flammen hindurch an, und beiden kam's so vor, als ob der andere zitternd tanze.

»Sie hat mich gesehen«, sagte er in seinem Altgriechisch, das auch ein Altgrieche nicht verstanden hätte, weil er so leise sprach. »Sie hat mich nicht erkannt.« Er starrte mich entsetzt an. Ich nickte. Natürlich, natürlich. Ich wußte zwar nicht, was genau, aber so was kam sicher immer wieder mal vor.

»Ist Ihnen mit fünf Franken fürs erste gedient?« sagte ich und holte das Portemonnaie hervor. Obwohl er das Fünffrankenstück nahm und in eine Tasche steckte, blieb er dann doch bei mir. Er nistete sich im Schuppen ein und half mir bei der Gartenarbeit. Er war viel kräftiger als ich und auch geschickter. Blumen, von denen ich bis dahin nichts gewußt hatte, sprossen bald überall. Wo er auch nur hinschaute, wuchsen sie wie toll. Er hatte einen grünen Daumen, aber wirklich. Bald war der Schuppen, eigentlich nur ein Dutzend Meter vom Haus entfernt, hinter einem Blumenwald verschwunden. Trotzdem arbeitete ich mich, Malven und Rittersporne auseinanderschiebend, zu ihm vor. Wir saßen Seite an Seite auf der Bank und sahen zu, wie die Sonne hinter den Hausdächern verschwand. Wir schwiegen viel, fast immer eigentlich, aber ich lernte doch einige Brocken seiner Sprache. Sein Deutsch war bald recht ordentlich. Trotzdem dauerte es lange, bis ich begriff, wer er war. Bis ich es ihm glaubte. Eigentlich tat ich das erst an seinem letzten Tag. Denn da saßen wir wieder, wie gewohnt, auf der Schuppenbank, und er sang plötzlich. Ganz leise, kaum zu hören. Sein Gesang klang wie eine fernhergewehte Erinnerung. Er hatte mich vergessen und lächelte. Er sang! Ich hörte ihm atemlos zu. Als ich es nicht mehr aushielt, diese wehe Schönheit, stand ich auf und ging ohne einen Gruß ins Haus. Verklingend hörte ich seine Töne, bis ich die Tür hinter mir zugezogen hatte. In der Nacht schlief ich traumlos, oder, kann auch sein, mein Traum-Ich schluchzte stundenlang. Am nächsten Morgen schrak ich jedenfalls vor Sonnenaufgang auf, als sei etwas geschehen, eine Ahnung, ein Schrecken. Ich ging mit einer Kanne Kaffee und einem Butterhörnchen in den Schuppen hinüber, etwas, was ich sonst nie tat. Er lag am Boden, das Gesicht auf der Erde. So war Orpheus gestorben, von keinem bemerkt.

Der Müll an den Stränden

Wißt ihr noch, wie es war?, erinnert ihr euch? Hört ihr noch, tief in euch verborgen, den Nachhall jener Tage, da die Meere an die Gestade schlugen, die menschenleer waren? Wo keiner ging?, keine schritt? Als der Wind das Schilfgras bog, die Salzluft über Steine strich? Nicht einmal eine Eidechse huschte. Der Himmel war blau, groß, leuchtend, aber in wilden Nächten erinnerten Gewitter an die Zeiten der Schöpfung, die noch nicht weit zurücklagen. Blitzkaskaden, ohrenbetäubendes Gedonner, Regen, als stürze der ganze Himmel herab. Aber dann, am nächsten Morgen: ein um so klareres Licht, Steine, die funkelten, dampfende Uferbäume. Viel mehr gab es nicht. Es gab die Zeit, und es gab die Schönheit. Die Zeit: das Schlagen der Wellen, von denen wir später den Rhythmus des Atmens lernten. Die Schönheit: überall. Alles war schön, alles. Die Steine waren schön. Die Büsche waren schön. Der Sand. Die Ginster. Die Luft leuchtete so, daß sie sichtbar war. Schön waren die Uferfelsen, die vom Wind schräg gewehten Pinien, die Olivenbäume an den Hügelhängen, die Lavendel. Der Sand war weiß, gelb, zuweilen beinah rot.

Im Wasser war das Leben, nicht am Land. Im Wasser wuchsen die Korallen, die Algen, der Tang. Seesterne, Meerigel. Zwischen blauen Felsen und violetten Unterwassergebirgen schwammen Schwärme aus Millionen Fischen, die, als hätten sie *einen* Willen, alle im selben Augenblick zur Seite zuckten, wegtauchten in schwarze Meeresgräben. Größere Fische mit breiten Mäulern schoben sich vorüber. Rochen segelten. Haie glitten lautlos. Dann wieder glitzernde Kleinstfische, wie Regengesprüh. Da, dort, überall. Ein Getümmel: dann hatte eine Muräne einen Barsch verschluckt. Die Flundern taten, als seien sie der Sandboden, bis sie jäh flohen. Grünes Licht von oben, da wo die todbringende Luft war, in die nie ein Meerbewohner hineinlugte.

An den Stränden gab es keine Lebewesen, hinter den Stränden auch nicht, schon gar nicht auf den Gebirgen, wo der Regen fiel und im Winter der Schnee. Nichts bewegte sich, kein Sandfloh hüpfte. Nur die Götter gingen, spurenlos. Der junge Zeus, dessen wahren Namen wir nicht anhören könnten – sein Klang würde uns zerreißen –, war noch auf keine Menschin aus, weil er noch nie eine gesehen hatte. Es gab noch keine, noch für Jahrmillionen nicht. Die Evolution hatte noch nicht einmal den Schwan ins Auge gefaßt, geschweige denn den Stier. Sie tat sich mit den Einzellern schwer. Noch verwandelte sich Zeus nicht, wozu auch. Göttinnen gab es, die ja. Denen konnte er begegnen, wie er war. Elfen huschten, Gnome grunzten, und da und dort quiekten Geister, die sich balgten. Stille dann wieder, Stille, ewiglang, kratertief. Der eigene Herzschlag, hätten die Götter Herzen, wäre ein Donnern gewesen. Das Fallen einer Tannadel war ein solches Getöse, daß alle Göttlichen innehielten und zu dem armen Baum hinschauten.

Wenn Schneeflocken auf die Berge fielen, lauschten sie fassungslos dem Geprassel.

Niemand weiß, welche Wesen sich als erste aufs Feste wagten, in die Atemluft. Irgendein winziger Fisch vermutlich wurde von einer Welle gegen das Ufer gespült und machte nicht rechtzeitig rechtsumkehr mit seinem Schwarm. Anders als andere vor ihm – ihre Kadaver lagen zu Millionen um ihn herum – war er nicht bereit zu sterben, erwies sich in seiner Todesnot als fähig, die Kiemen in Lungen zu verwandeln, und wand sich weg, kroch keuchend im feuchten Sand landeinwärts. Beine hatte er noch keine. Die Schöpfung ließ sich Zeit, und die Göttlichen nahmen den neuen Erdling nicht ernst, lasen die Botschaft, die er für sie hatte, nicht von seinen Lippen ab. »Hier bin ich, ich werde nicht der einzige bleiben, der Lärm von meinesgleichen wird euch verscheuchen.« Wie war der erste Landlurch häßlich! Lippenlos, schrumpelig, grauenvoll. Die Götter, die Göttinnen glichen Blumen, Büschen. Sie *waren* Büsche und Bäume. Andere flogen, schwebten, wirbelten, schäumten, schwangen sich von Ast zu Ast oder glitten auf Wellen, und einige, Frauen wohl, waren so anmutig, daß die Sonne selber von ihnen geblendet wurde. Sie sangen, ja, die Göttinnen sangen. Ganze Inseln sangen, Kontinente. Die Meere dröhnten, auch wenn niemand da war, dem Gesang zu lauschen. Leis lockend weit draußen oder, wenn wir damals unterwegs hätten sein können und einem Gestade näher gekommen wären, tosend laut wie ein Niagara aus Klängen. Wer sich, als die Menschen erschaffen und die Schiffahrt erfunden war, dem Singen näherte, war verloren.

Oder gerettet. Alte Sagen sagten zwar, daß die singenden Wesen ihre Bewunderer fräßen: aber daß keine und keiner zurückkehrten könnte auch bedeuten, daß es auf den singenden Inseln unendlich viel schöner als anderswo war. Als überall sonst, im Tonlosen. Daß es keinen Grund gab, heimzukehren zu Frau und Kind und Hund. Zu Arbeit, Leid und Weh. Aber das war später. Noch sangen die Göttinnen allein, mit den Gnomen zuweilen, deren Grölen sie mochten, denn sie waren in einer Weise weitherzig, die es heute nicht mehr gibt. Sie lachten, wie sie sangen, und sie sangen, wie sie atmeten. – Was die Götter und Göttinnen aßen, wissen wir nicht. Ich denke, nichts. Vielleicht hat unser Unglück – ich meine, unser Menschenunglück – überhaupt erst damit begonnen, daß ein erster Affe Speise in sich hineinstopfte, aus Blödheit und Spielerei, nicht aus Notwendigkeit, und wir taten es ihm sogleich nach, weil wir *jede* Blödheit nachahmen. Kaum acht Stunden später hatten wir Bauchschmerzen. Seitdem hocken wir, Mann und Frau, Bettlerin und Kaiser, in langen Reihen am Wegrand, rund um den Erdball, hilflos. Es hilft uns nichts, unsere Schwäche zu verbergen. Machtvoll zu tun, unabhängig. Noch vom prunkvollsten Staatsempfang stürmen wir aufs Klo und reißen uns im Laufen die Orden weg, um noch rechtzeitig die Hosenträger zu lösen. Durch uns und nur durch uns kam der Dreck auf die Erde, der Abfall, die Ökologie. Hätten wir, wie die Götter, nichts gegessen, hätten wir uns gerettet. Vielleicht. Sicher. Nichts hinein, nichts heraus. Keine Bedürfnisse. Es gäbe keine Restaurants und kaum Ladengeschäfte. Hie und da ein paar Jeans, Hemden und Socken, das vielleicht. – Als der Tod noch gerecht war, in alten Zeiten, nahm er genau so viele Greise mit sich, wie Säuglinge hinzukamen. Keinen mehr, keinen weniger. Damals noch wären wir vielleicht, wenige nur und immer gleich viele, mit den Göttern ausgekommen, mit den Elfen und den Kobolden, die, den Göttern hierin gleich, auch keine Losung hinterlassen. Kein Gott geht in die Büsche, keine Göttin kauert sich ins Schilfgras. Auch die Urtiere kannten kein Fressen. Die Kartoffeln wucherten vor sich hin. Die Orangen fielen, überreif, von den Bäumen und verfaulten, Dünger für die nächsten Orangen. Die Kontinente, die noch nicht auseinandergebrochen waren, hätten uns überreichlich Platz geboten. Da einer, dort eine, weite Ebenen, am Horizont ein paar Giraffen und ein Gnu.

Es kann aber auch sein, daß jener wunderbare Maler viel späterer Jahre recht hatte, dem seine Phantasie oder ein Medici-Fürst befahl, eine Frau zu malen, die dem Meer entsteigt. Daß das, was er für ein Bild seiner Einbildungskraft hielt, eine Erinnerung war. Daß das erste Lebewesen, das aus dem Meer geboren wurde, kein Lurch war, kein Einzeller, sondern jene Frau, die – auf dem Bild – aus einer Muschel tritt, sich trockenschüttelt, sich die Haare aus dem Gesicht streicht, die Lungenatmung versucht. – Sie hatte sehr schöne Lungen. Nach vier oder fünf Atemzügen ging sie im weißen Sand den Strand entlang und hinterließ die ersten Fußabdrücke. Es kann schon auch sein, nicht wahr?, daß dann einer der Götter just dort lustwandelte, und wenn es Zeus war, der Andersnamige, folgte er gewiß schnüffelnd und schnuppernd der unvertrauten Spur und fand deren Urheberin auf den weißen Felsen oben. Da stand der Gott, unvorstellbar, nackt auf Götterweise, über der hingelagerten Venus, von der wir wissen, wie sie aussah. – Auch sie hieß nicht Venus, wird nur von uns so genannt; erhielt von Zeus einen Namen, dessen Klang sie gerade noch aushielt, der uns jedoch töten würde. – Bei aller Sympathie für die Göttinnen: nichts Schöneres gab es damals, auch unter ihnen nicht. Zeus, der so ein Wesen noch nie gesehen hatte, strich mit einem Zeigefinger sacht über die Wangen der Frau. Sie lächelte. Die Liebe war erfunden. Sie wälzten sich zwischen Schilfhalmen, murmelnd, küssend, juchzend, stöhnend, schreiend und heulend, blind, stockenden Atems. Die Leidenschaft war erfunden. Dann lagen sie im Sand, still. Nun lächelte Zeus, beinah ein Mensch geworden. Die Frau blickte ernst, fast eine Göttin. Zeus wollte nur noch mit der Frau sein, mit keiner andern; später, als sie wieder weg war, mit solchen, die ihr glichen. Leda war eine von diesen: fürchtete aber die Kraft seines Glieds und versuchte es statt seiner mit Vögeln. – Bald waren auch die ersten paar Millionen Sandflöhe unterwegs. Eidechsen huschten nun. Den Gnomen vor allem gefiel das neue Getier, sie legten den schlafenden Elfen Olme auf die Bäuche und kitzelten sie mit Spinnen. – Wie freute sich die Frau, wenn Zeus zu ihr kam. Wie hielten sich die Göttinnen die Hände vor die Augen – mit gespreizten Fingern nämlich –, wenn sie das vor ihren Blicken verbargen, was die beiden miteinander taten und von dem sie ausgeschlossen waren.

Natürlich kam es, wie es kommen mußte. Irgendwo waren doch Menschen geworden, aus Affen, aus Plasma, aus dem

All gefallen: und vermehrten sich vom ersten Tag an. In Afrika waren plötzlich welche, auch in Asien wagten sie sich aus den Wäldern hervor, und die ersten Barbaren, friedfertige Menschen, wanderten bis dahin, wo die Götter wohnten. Diese guckten verdutzt hinter den Felsen hervor. Die Prophezeiung des Lurchs begann sich zu bewahrheiten. Der Anfang des Lärms! Die Barbaren ihrerseits wunderten sich über die Fußspuren im Sand, die Abdrücke der immer gleichen zwei Füße, die so zierlich waren, daß sie nur einer Frau gehören konnten. Sie bekamen sie nie zu Gesicht, aber in den ersten Nächten – später nicht mehr – hörten sie sie. Ihre Glücksschreie, in die sich zuweilen göttliches Röcheln mischte. Die Barbaren richteten sich an den Stränden ein, bauten Hütten, fingen Fische, Hasen, hämmerten und dröhnten. Die Götter zogen sich in die Gebirge zurück. Von diesen aus gesehen war der Strand immer noch ein weißes Band, nur daß jetzt Menschen auf ihm gingen, Kinder spielten. Aber noch immer versank jeden Abend die Sonne im Meer. Sie beleuchtete die Welt der Fische für die Dauer einer Nacht. Wie sie hinter die Berge kam, hinter denen sie jeden Morgen aufstieg, war ein Rätsel, das auch die Philosophen nicht zu lösen vermochten, weder die der Barbaren noch die der Götter. Die waren sowieso Langschläfer und dachten morgens nur träge Gedanken. Auch Venus, wiewohl menschenähnlich, war, in den Armen von Zeus liegend, nicht auf Erkenntnis aus. Auch sie kümmerte nicht, daß just in jenen Tagen der erste Müll der Menschengeschichte herumzuliegen begann. Münzen, Tonscherben, Amulette.

Inzwischen sind die Strände mit Verlorenem zugeschüttet. Bulldozergroße Putzmaschinen kämmen jeden Abend die Badestrände durch und hinterlassen dennoch Tonnen von Plastik. Im hohen Norden allerdings fliegen heute noch Millionen Vögel auf, wenn wir kommen. Im hohen Norden sind nur wir, die Wenigen, die, denen die Vielen im Süden ein Greuel sind. Im Norden sind wir, die Andern, wir mit den Teleobjektiven, den Vogelschutzmitgliedsbüchern, dem Schwur, die letzten Vögel vor uns Menschen zu schützen. Kreischend umflattern sie uns. Schilfgras ist an den Stränden des Nordens, Schilf und Gras, sonst nichts. Hie und da Schmieröl. Nur solche wie ich gehen an den Stränden des Nordens, die Stille zu suchen, den noch nie betretenen Ort. Eine eisige Brise bläst, Luft direkt vom Pol. Kriechtiere fliehen in Panik. Die Vögel kreisen höher. Da stehen die wie ich, die nicht wie die sind, die die Vögel in den Kanaren ausgerottet haben. Ich stehe mit wehenden Haaren, atme tief. Noch nie bin ich so glücklich gewesen, so einsam. Ahh, die Luft der Arktis. Das Schiff, das mich an Land gesetzt hat, hupt in der Ferne. Von überallher stapfen die andern Einsamen auf den Landesteg zu. Als auch ich mich von der nordischen Herrlichkeit abwende, kreischen die Vögel über mir doppelt so laut. Ich winke ihnen, flattere beinah.

Was fühlten die Klippen von Dover, als die Kiele der Schiffe Wilhelms des Eroberers sich in sie bohrten? Als die Krieger, sich Mut zuheulend, ins knietiefe Wasser sprangen und zum Strand hin rannten? Als die Verteidiger brüllend auftauchten und das Blut den Sand rot färbte? Strände verlieren ihre Unschuld nur einmal. Das Ufer, an dem Columbus Amerika betrat, auch wenn er es für Indien hielt. Der Sand, über den Cortez ging, seine Missionare im Schlepp, seine Schlächter. Immer noch dampft das Blut der Kreuzfahrer und ihrer Opfer an den Ufern vor Jerusalem. Noch ewig liegen die Blindgänger unter den Badegästen der Normandie.

Kein Strand ist mehr unschuldig, heute. Überall liegen verlorene Dinge, die an etwas erinnern, schenkt man ihnen nur Gehör. Schaut man sie nur lange genug an. Puppen, Schnüre, Ketten. Speiseeislutscherstiele. Bade-Entchen. Fadenspulen. Flaschen. Halbe Scheren. Sandschaufeln. Portemonnaies, alle ohne Geld. Federbälle. Kämme, Garderobenummern. Lippenstifte. Sie erinnern an Kleines, nicht an Großes. An die erste Liebe am Strand, nicht an die Bombe von Hiroshima. Die wird sowieso erinnert. Sie hat unser aller Leben zertrümmert, für Generationen, für immer. Seither ist alles möglich, und alles geschieht ja auch tatsächlich. Nichts, was denkbar ist, geschieht nicht; zudem oft das Ungedachte. Die Wirklichkeit läßt keine Ungeheuerlichkeit aus. Die Phantasie ist längst eine kleine, sorgsame Anarchistin geworden, die in den verkrusteten Falten des Gedächtnisses herumkramt und Dinge zutage fördert, die kein Mensch mehr für möglich hält. Sie waren aber möglich, einst, vor Hiroshima, bevor die Erinnerung verstrahlt wurde und die kleinen Dinge ausschied. Seither handelt auch unser Gedächtnis nach dem Gesetz des größten Marktanteils und der höchsten Einschaltquote. Was nicht mehrheitsfähig ist, lohnt die Erinnerung nicht.

Gleich mit dem ersten Menschen begann das Licht zu schwinden. Unbemerkt von diesem, langsam, nicht der Rede wert. Es war weiterhin viel Licht da. Karthago leuchtete, daß man's kaum anschauen konnte; noch die Marmorsäulen des alten Roms konnten nur durch gerußte Scherben betrachtet werden. Aber heute: geh den Strand entlang: du siehst den Sand unter dir nicht mehr. Das Licht ist weggetrampelt. Nur in unserer Erinnerung noch geht die Sonne auf, in unsern Hirnen. Und wir wundern uns, daß die Haut nicht mehr warm werden will. Stehen frierend, aneinandergeklumpt, gereizt, aufeinander einschimpfend, immer atemloser: und denken, ohne es uns zu gestehen, daß bald, übermorgen vielleicht, der ganze Menschenpulk implodieren wird. Wie alte Pilze. Schwarzer Staub, der sich mit dem Sand mischen wird, ihn ein bißchen dunkler färbend. – Kommen dann die Götter zurück und machen weiter, als sei nichts gewesen? In der Tat, nur wir sind gewesen, fast nichts. Sie lachen, sie freuen sich ihrer Unsterblichkeit. Sie sind nicht viele, verglichen mit uns inzwischen. Sie kehren gern an die Strände zurück und bleiben erst am Ufer stehen, die Füße im nassen Sand, schauen entzückt aufs weite Meer. – Nur Venus hält nicht inne, geht weiter, Schritt vor Schritt. Zeus schaut ihr mit weit aufgerissenen Augen nach, wie sie sich entfernt, wie sie im Meer versinkt, ihre Knöchel, ihre Schenkel, ihr Rücken, der Kopf. Erst jetzt ruft er nach ihr, krächzt eher. Eine Weile lang noch schwimmen die rotblonden Haare auf der Wasseroberfläche. Tanzen auf den Wellen. Dann tauchen sie jäh. Venus hat ihre Kiemenatmung wiedergefunden. Erinnert sich erneut an die Meereshöhlen, an die alten Spiele mit den Wassertieren. Sie ist zurück. Ihre Freunde von einst sind nicht mehr da, aber die, die sie an den alten Orten trifft, gleichen ihnen. Zeus ist vergessen, was er sie lehrte. Dieser, der verlassene Gott, steht am Ufer, zum ersten Mal einsam. Er tut zwei Schritte ins Wasser, zwei zurück. Es ist nicht sein Element. Er ist ein Landgott. Lange noch träumt er von der Verschwundenen, ihren Haaren, wie sie schwammen. – Alte Briefe sagen uns, daß Botticelli auch dieses Bild gemalt hat – die Venus, versinkend –, daß es aber seinem Medici-Fürsten nicht gefiel, so daß er es mit tanzenden Damen übermalte.

Mit den Göttern kam das Entzücken auf die Erde. Mit den Menschen das Entsetzen. Da wir die Götter nicht vergessen haben, nicht ganz, sind wir entzückt *und* entsetzt. Wir lieben unser Entzücken, und wir versuchen, den Namen, den wir jenem andern Gefühl geben müßten, nicht zu denken, nicht allzu oft, weil wir unser Leben weiterführen wollen. Das Entsetzen. Das Entsetzen über das, was wir mit uns anrichten, mit unsereinem. Mit den Dingen. Mit den Tieren. Einst war die Zukunft ein lockendes Versprechen, heute ist sie eine Drohung. Eine Gewißheit beinah, obwohl wir nicht aussprechen wollen, was denn so gewiß ist.

Mit den Menschen kam die Erinnerung auf die Erde. Das ist ihre Leistung. Das ist ihre Schwäche. Mit der Erinnerung kam die Trauer. Alles, was uns einmal geschehen ist, ist in uns aufbewahrt. In uns ist ein dunkler Kern, ein schwarzes Loch, ein geheimes Behältnis, in dem mehr Tränen aufbewahrt sind, als die Weltmeere fassen. Sie schlagen an die Strände, unsere Tränen, salzig, schwemmen all die Dinge ans Ufer, die wir verloren haben. – Die Trauer bewegt sich auf einer spiralförmigen Flugbahn in uns, weltallgroß. Immer erneut nähert sie sich, in hohem Tempo, dem Kern des Erinnerns, entfernt sich rasend, weil ihr das fast Gesehene, das beinah Erkannte nicht aushaltbar scheint. Sie wird ja wieder zurückkommen, in der nächsten Spiralendrehung, wieder lugen, wieder nur schnell, aus einer etwas andern Blickrichtung. Vielleicht sollte sie innehalten, die ängstliche Trauer, wenn sie am bedrohlichen Ort ist. Was einst nicht auszuhalten war und doch ausgehalten wurde, wäre heute, sähe sie nur ruhig hin, fast leicht zu leben. Zeit ist vergangen. Vielleicht müßte sie lachen, die verschreckte Trauer, vor Erleichterung. Weinen würde sie gewiß. Wenn die Trauer weint, ist das wie ein Gelächter bei ihr.

Ich bin keiner von den Stränden. Ich bin ein Binnenländer. Da wo ich aufgewachsen bin, ragen schwarze Felsen in den Himmel. Wer die Sonne sehen will – Spinner sind das meist, Frauen, Kinder –, kriegt einen steifen Nacken. Föhnwinde rasen von den Gebirgen herunter und setzen Dörfer in Flammen. Die verzweifelten Bewohner versuchen das Feuer mit Steinen zu löschen. An den Tagen ohne Föhn regnen Sturzfluten vom Himmel. Schneemassen im Winter. Heulende Stürme. Bären gingen einst. Das Meer war jahrhundertelang eine Sage, so glaubwürdig wie das Paradies. Später, als erste Reisende die Existenz des fernen ewiggroßen Wassers bestätigten, wurde es eine

Hoffnung. Eine Sehnsucht. Mein Gott, was haben wir uns nach dem Meer gesehnt. Keiner von uns und keine, die und der sich nicht eines Tags auf den Weg machte, das Meer zu suchen. Erst heute werden schon die Dreijährigen per Charter an ferne Ufer gekarrt und starren ohne zu staunen zum Horizont. Erst vor kurzem ist die Sehnsucht abgeschafft worden. Es gibt ja auch keine Einsamkeit mehr, keine Trauer. Wir haben die Taschen voller hochwirksamer Medikamente, mit denen wir das leiseste Unbehagen in uns auf der Stelle bekämpfen und deren einzige Nebenwirkung ist, daß wir auch ein unverhofftes Glück nicht spüren. – Wir sehnten uns, daß es gar nicht wahr sein durfte. Die Sehnsucht zerriß uns beinah. Und irgendwann zogen wir dann los, stiegen um Mitternacht durchs Fenster, die Schuhe in der Hand, daß uns der Vater, die Mutter nicht hörten. Wie sie schrien am nächsten Morgen! »Ans Meer ist er, der Bub! Stellt euch vor, er sucht das weite Wasser, das Mädel!« Sie rauften sich die Haare, die Eltern. »*Wir* sind immer hiergeblieben! Sieh, wir sind gut herausgekommen! Herr Hutzel, Frau Brutzel, gute Leut!« – Wir aber schlichen die ersten Kilometer im Mondlicht die Bäche entlang. Gingen dann aufrechter, die Füße in den Schuhen nun. Wir erreichten die Paßhöhen. Jetzt schien die Sonne. Vor uns, tief unter uns, lagen die Länder, in denen die Zitronen wuchsen. Strahlend, leuchtend, blau in der Ferne. Oh, ein Maler zu sein. Wir waren keine Maler, gingen um so schneller bergab. Nach Tagen und Wochen zwischen Kastanienbäumen und Oleandern: jener jähe Augenblick, den niemand jemals vergißt, dem er zugestoßen ist: Als wir ahnungslos um eine Wegbiegung kamen UND VOR

UNS LAG DAS MEER. Wasser bis zu allen Horizonten. Wir rannten zum Strand hinunter. Standen keuchend, bis wir imstande waren, die ans Ufer schlagenden Wellen zu hören, jenes Rauschen, das unser Gedächtnis nie mehr verlassen sollte. Später gingen wir barfuß im Sand. Überall Spuren von Vögeln, wie Dreizacke.

Heißt mein Text, daß es nie mehr wie einst sein wird? – Ja. – Daß der Tod den Weg zum Strand auch gefunden hat? – Ja. – Der Tod wohnt in den hohen Bergen und ist fühllos. Er kennt die Hoffnung nicht, und so kannte er lange Zeit den Weg zum Meer nicht. Er vertat sich in seinen Bergen, heulte herum und schlug dahin, dorthin. Die Pest nannte man ihn. Särge stapelten sich, Gruben füllten sich. Ihm machte es keine Freude, er kennt keine Freude. Eher zufällig entdeckte er dann doch das Meer. War es ein heftiger Wind, der ihn von den Gipfeln herunterblies? Jedenfalls: da hockte er im Sand, die Beinknochen im Wasser. Staunte nicht, weil der Tod nie staunt; sah aber doch verwirrt nach links und rechts. Die Gischt schäumte ihm unter die schwarze Kutte, ans beinerne Gesäß. Die Sense immer noch in seiner rechten Hand wie eine Standarte. Sein Schädel wiegte sich, er verstand nicht. Wo war er? Dann tappte er durch den Sand, und wenn später die Verliebten kamen, sich zu küssen, sahen sie Spuren, die sie frieren machten. Wie die der Vögel, scharfwinklige Zacken, aber größer, mit fünf knöchernen Zehen. Daneben die Abdrücke des Sensenstiels, im Maß der erst zögernden, dann immer größeren Schritte. An jenem Abend starb ein erster Mensch am Strand, ein junger Mann, der sich bis dahin wie ein Gott gefühlt hatte. Die Überlebenden standen entsetzt um seinen Kadaver herum. Es gefiel dem Tod am Meer – der Tod kennt kein Gefühl –, er wütete fast heiter in den Strandstädten herum, und in den Bergen, bei uns, kehrte für eine Weile Ruhe ein. Die Menschen gingen weniger gebückt für kurze Jahre. Aber natürlich kam der Tod zurück, er ist schnell wie der Sturm. Er setzt sich auf das nächste Sturmtief und läßt sich mitwirbeln, schneller als im Nu hat er den ganzen Kontinent überwunden. – Natürlich konnte er den wirklichen Göttern nichts anhaben. Sie versteckten sich nicht vor ihm, er verbarg sich vor ihnen. Er, der in keinen Spiegel blickte, wußte, daß er entsetzlich aussah, grauenvoll, auch für seinesgleichen. Gar für Götter! Immer seltener wieder kam er an die Strände, er, der keine Kränkung kennt. Es war ihm trotzdem nicht wohl in den Knochen. Einmal, aus reiner Lust und Tollerei, stellten ihm ein paar von den Göttern, die kindischeren, eine Falle. So etwas wie eine Elefantengrube, über die sie dürre Äste und Blätter gelegt hatten. Aber er tappte nicht hinein. Nie hat man jedenfalls gehört, daß der Tod von der Erde verschwunden wäre für Stunden, Tage, Jahrhunderte. Die Strände meidet er aber schon zuweilen.

Und natürlich ist nun ein Strand, allenfalls ein Ufergebirg der Ort, wo sich alle Götter mit dem Schöpfer treffen, dem, der das Ganze geschaffen hat. Er hat sich klein gemacht, um auf seiner Schöpfung weilen zu können, hat sich eine Gestalt gegeben. Bleibt allerdings trotzdem unbeschreibbar. Aber er kann auf einem Felsen hocken und mit den Geistern konferieren. Er kennt sie nicht näher – hat so viele andere Erden in seinem All –, aber er erinnert sich ihrer mit Sympathie. Sie sitzen alle um ihn herum, in ihrer menschenähnlichen Herrlichkeit. So wie sie hätten wir werden können, wäre nicht etwas schiefgegangen. Der Schöpfer weiß, daß er nicht unschuldig daran ist. Er will sich keine Vorwürfe machen, dazu ist er zu groß, aber er denkt, daß er sich in ein paar entscheidenden Stunden um uns hätte kümmern müssen. Uns die Werkzeuge aus der Hand schlagen. Ein Machtwort sprechen. – Es sind viele Götter zusammengekommen, viel mehr, als wir gedacht hätten. Jeder Busch hat seinen Gnom, jeder Baum seine Göttin. Das Meer sogar hat seinen Gott, der, tangbehangen, zwischen Dorngebüschen hingelagert sein Reich überblickt. Der Schöpfer sagt den Göttern seine Absicht. Er wird eine neue Erde schöpfen, sagt er, die gleiche wie die alte. Nur ohne die Menschen, ohne den Tod. Ohne den Schmerz. Ohne die Zeit. Ohne das Gedächtnis. Die Göttinnen und Götter nicken, ein bißchen nachdenklich. Und wir? sagt eine Elfe. Eben, sagt der Schöpfer. Seht. Ich habe meine Schöpfung bereits bei mir. Er holt ein Etwas aus der Tasche seines Gewands – auch das Gewand ist nicht beschreibbar –, so etwas wie einen Apfel oder eine Orange. Blau, alles in allem. Und als die Göttinnen und Götter genauer hinschauen, sehen sie, daß es eine Erde ist. Klein, ja winzig zwar, aber alles gleich wie unsere: die Wasser, die Kontinente. Könnten sie noch Kleineres sehen, sähen sie auch Fische, Rehe, Löwen. Na? sagt der Schöpfer, und wir bemerken verblüfft, daß auch er gelobt werden möchte. Toll, sagen also die Götter. Wunderherrlich, rufen die Göttinnen. Diese Farben. Dieses Licht. Na also, sagt der Schöpfer. Ich mag euch nämlich, meine Götter. Das Erdenleben ist euch nicht mehr zumutbar. Schaut doch. Tatsächlich sehen sie auf ihrer Erde, ringsum, qualmende Schlote, im Stau kriechende Autos, Berge, die von Maschinen ausgehöhlt werden, Bäume, die gefällt am Boden liegen, schwarze Ströme, rußigen Schnee, schwefelgelbe Schaumteppiche, die die Bäche hinuntertreiben. Menschen überall, schreiend, gestikulierend. Rufen sie um Hilfe? Wissen sie es besser? – Seht ihr, was ich meine? sagt der Schöpfer. Die Göttinnen nicken und vergraben ihre schönen Köpfe in den Halskuhlen der Götter, die wortlos bleiben. Wenn es euch recht ist, fährt der Schöpfer fort: und alle Götter nicken sofort. Mach nur, mach, rufen sie. Tränen haben sie schon in den Augen, das schon. Anders als der Tod, anders vielleicht sogar als der Schöpfer, können sie traurig sein. Der Schöpfer, kraft seines unendlichen Willens, schrumpft die Göttlichen so, daß sie auf der kleinen Mandarinenerde Platz finden – für sie ist sie wieder gleich groß wie die alte –, und nun wirft er sie mit einem kräftigen Schwung in sein All, wo sie fliegt und fliegt, immer weiter weg, in ein schwarzes Loch, bis in ein anderes Weltensystem. Um die Wahrheit zu sagen, wir wissen nicht so recht, wohin. Auch nicht, was der Herr jetzt tut. Er entfernt sich jedenfalls, und inzwischen sehen wir nicht einmal mehr seinen Rücken, den unsre Ahnen, wenn wir ihre Schriften richtig deuten, zuweilen riesig am Nachthimmel ahnten. Um ihm nicht zu sagen, daß sie seine Mimikry erkannt hatten, nannten sie ihn Milchstraße. Aber Gott läßt sich nicht täuschen. Nun haben wir auch keine Milchstraße mehr. – Den Tod hat er allerdings bei uns zurückgelassen. Seitdem der Tod allein ist, rast er. Aber das ist dem Schöpfer egal. Er, dessen Gedächtnis unendlich ist, denkt nicht mehr an uns. Und die Göttinnen und Götter balgen sich an den Sandstränden der neuen Erde, lachen und kichern. Nur einer steht unverwandt am Ufer des Meers, wartet und wartet, daß eine Frau aus den Wellen käme und sich alles wiederholte, alles minus die Menschen.

Mutter Nacht

Als die Mutter Tag war, waren die Tage heiß. Vögel flogen. Über weiße Birkenäste huschten Eichhörnchen, und ein Wind wirbelte Blätter auf. Die Vögel hießen Blaumeisen. Ich ein Teil dieser Natur. Warmes Wasser. Die nackten Füße auf heißen Granitplatten. Überhaupt Hitze, alles glühend. Der gänzlich andere Gleiche, der ich war, hüpfend zwischen Schmetterlingen. Gewiegt vom Wind, ja!, gewiegt! Die Nacht? Fledermäuse gehörten nicht zu meiner Welt. – Nach diesen Urzeiten wurde ich im Leiterwagen mitgeschleift auf dunklen Fluchten; schlief. Träumte im Rhythmus der Räder, deren Metallbeschläge über Steine rumpelten: von jähen Alben. Erhob mich bei Sonnenaufgang aus der Asche meines unerwarteten Jammers. – Träumte nur noch von der Mutter. Träume seither von der Mutter. – Zuerst träumte ich, daß sie kommen möge und mich in die Arme nehmen. Wie einst. Dann träumte ich, sie sei da und nehme mich in die Arme. Dann begann ich zu hoffen, daß sie mir vom Leibe bliebe. Fürchtete endlich, sie gehe wirklich. Ersehne es. – Seit sie gegangen ist, ist sie ganz in meinen Träumen, tot lebend, so wie sie lebend tot war. Ich bleibe wach und banne meinen Alb mit stierem Blick. Sitze nun auch nachts an meinem Zeichentisch – ich bin Architekt – und starre auf die Zirkel, Winkel, Tuschefläschchen, Rotringstifte, die ich um mich herum aufgebahrt habe, als träte ich meine letzte Reise an. Auf Whiskyflaschen. – Aus lauter Gewohnheit, ich meine: kollektiver Gewohnheit, werde auch ich aufwärts krabbeln, wenn die Grabplatten springen. Ob das hilft und ob es richtig ist, wer weiß das. – Diese Bilder vom Jüngsten Tag! Viele nackte Frauen. Die Maler stürzten diese Schamberge und Brustgebirge alle in die Hölle, gewaltige Hintern, weil sie dachten, da kommen sie auch hin. – Als etwas größeres Kind aß ich dann ständig, biß auf Hölzern herum, Fingernägeln; wenn ich nichts im Mund hatte, redete ich. Erzählte Witze. Fuhr, wenn ich allein war, auf einem kleinen rostigen Fahrrad im Kreis herum, bis mir das Hemd am Leib klebte. Pfiff dazu hektische Melodien. – Alle in meiner Familie redeten. Mein Vater! Klein wie ein Dackel, aber eine Lunge! Kein anderer kam auch nur mit einem Streichholz dazwischen, keiner außer meiner Mutter. – Zu ihrer Zeit gab es noch kein Fernsehen, da redete man noch selber. – Heute, das hätte ich nie gedacht, daß Körper und Geist so erschöpft sein können und die Wörter trotzdem rasend rotieren. – Ich weiß nicht, warum mir das jetzt einfällt, aber als ich schon erwachsen war, wollte meine Mutter nach Spanien, unbedingt und plötzlich, wie unter einem Zwang, und ich mußte mit. Keine Ausflucht half. Wir fuhren im Schlafwagen nach Madrid; dort hatten wir ein Hotel wie eine Burg. Fast sofort kriegte ich ein fürchterliches Zahnweh. Konnte nicht mehr kauen. Mutter schleppte mich zu einer Zahnärztin, einem durchsichtigen Wesen in einer weißen Schürze, in das ich mich so heftig verbiß, daß die Brücke, die sie mir eingesetzt hatte, in ihrem Hals blieb. Mutter entdeckte uns im Hotelgarten und trennte uns. Später gingen wir zu dritt zu einem Stierkampf, ich mit einem Tuch um die Backe. Stumm. – Heute, längst älter als Mutter damals, tue ich immer noch so, als sei jemand um mich herum und räume mir meine Sachen auf, rede mit ihm oder ihr!, und weiß dann ganz wirklich nicht mehr, wo mein Korrekturweiß ist oder der Gummi. Ständig suche ich die Whiskyflasche. Zuerst war es die Mama. Dann meine Frau. So vergeht die Zeit. – Der Whisky ist ein amerikanischer. Ich nippe nur an ihm. Häuser entstehen nüchtern, auch wenn es Ausnahmen gibt. – Meine Mutter hat getrunken, Cinzano zum Frühstück! Sie konnte weiterreden, während sie schluckte. – Kann ich auch. – Die Spanier können das Gegenteil. Sie schweigen, während sie nichts im Mund haben. Eine komische Nation. Stechen Stiere ab. In Madrid waren wir an einem Frauenstierkampf, der Stier stürzte mit *so* einem Gemächte auf die Torerin, die Toreadorin, und die stand da mit ihrem roten Tuch. Die Zuschauer warfen ihre Kissen in die Arena, die Mutter und die Zahnärztin auch, beide mit geschwollenen Gesichtern. – Mein Vater war Botschafter gewesen, in Bulgarien, in den Jahren zwischen den Kriegen. Er vertrat die wenigen Interessen der Schweiz. Stellte hie und da einen Paß aus und beriet den Zaren in seinen Finanzgeschäften; damals hatte Bulgarien noch einen, er war der zweitletzte, hieß Boris und wurde später von einem Kommunisten in die Luft gesprengt. Ich war ein Kindchen und dachte, die Welt bestehe aus Schmetterlingen und Sonne. – Er schielte, der Zar von Bulgarien. Wenn er bei einem Empfang eine schöne Frau anhimmelte, meinte die nebendran, sie sei gemeint, die häßliche, und kam zitternd und zagend, und der

Zar nahm sie halt, wenn er sie schon einmal an der Angel hatte, und nach einer Nacht voller Schleim und Kot wurde die Unglückliche auf einem Nachen ins Meer hinausgerudert, ein in eine Wolldecke gewickeltes wimmerndes Bündel, während der Zar in einer Blechbadewanne hockte und sich von einem Diener das Gemächte waschen ließ. – Mein Vater speiste zuweilen mit ihm. Sie sprachen über die zinsgünstigste Anlage der Steuereinnahmen. – Heute breche ich hie und da mit einem Möbel meiner Mama auf und schleppe es zu einem Antiquitätenhändler. Auf dem Rückweg räume ich die Regale des Konsumvereins leer. – Als wir in der Schweiz zurück waren, längst ohne den Papa, kurz vor dem Krieg, versuchte ich es eine Weile lang als Gigolo, in Interlaken. Aber der Krieg kam dann wirklich, und meine Nase steckte, weil ich kurz gewachsen bin, immer zwischen den Brüsten der Damen. Es war wie Asthma. – Mein Vater, nachdem wir aus Bulgarien geflohen waren, hatte das besser gekonnt. Wir wollten oder durften nicht in die Schweiz zurück, weil die Bank des Zaren, die Bankgesellschaft in Zürich, Unregelmäßigkeiten bei den Überweisungen der Gelder festgestellt hatte, die der Zar dem Vater bei ihren Arbeitsessen regelmäßig übergeben hatte. Die Bank informierte ihren hohen Kunden per Kurier, und der schnaubte und fauchte und schielte beim nächsten Diplomatentee meine Mutter so heftig an, so innig, daß wir in derselben Nacht noch flohen. Wind, Nebel, Fledermäuse. Der Papa zog den Leiterwagen mit mir drin durch die halbe Welt, Saloniki Athen Erzerum. Die Mama mit verhülltem Gesicht zehn Meter hinter uns. Wir landeten in Beirut. Dort schwatzte der Papa mit seiner Honigstimme die Portemonnaies der Damen leer. Trug nun Schiebermützen, allerdings sehr elegante, reckte hie und da die Faust und sagte, daß der, der etwas besitze, zum Beispiel Geld, der Dieb sei; nicht der, der es ihm nehme. Eine neue Zeit breche an. – Zu der Zeit war meine Mutter in einem Sanatorium. Sie hatte die ganze Zeit über geheult und das Kunststück fertiggebracht, abwesend zu sein wie eine Tote *und* ununterbrochen zu reden, so daß ich vor ihr floh wie vor einem überwältigenden Verhängnis; ich die glatten Wände hoch und sie hinterher mit ihrer Fülle. Wir fegten den Plafond entlang wie Siebenschläfer. – Nahm sie dem Vater die Flucht vor dem Zaren übel? Sie hatte seine Strenge immer verteidigt. In seinem Morden zuweilen fast so etwas wie einen Schutz gesehen. – Dann war sie weg, in einem weißen Haus zwischen Palmen, unter einem ewigen Sonnenhimmel, und mein Vater wurde Jahre jünger. Mir ging's umgekehrt, ich dachte, *ich* sei schuld am Elend der Mutter, und wurde so vergreist, daß der Papa mein Sohn schien. Er trug jetzt auch noch Strohhüte, Nelken im Knopfloch, weiße duftende Tüchlein in den Sakkotaschen und schwang einen Spazierstock. Ich, ein lebloser Bub, schaute dumpf. Für mich waren seine Damen uralt. Dreißigjährige! Mein Vater plapperte noch, während er in ihnen herumfuhrwerkte. Das Haus war aus Pappe gebaut, es war die Diplomarbeit eines Architekten, der wegen genau diesem Haus durch die Prüfung geflogen war. Aber seltsamerweise war es dann doch gebaut worden. Die Urszene wurde mir so vertraut, daß ich sie aus *jedem* Geräusch heraushörte. – Dann kam meine Mama zurück. – Meiner Frau wollte ich später auch immer zuhören. – Als ich dann selber Häuser baute, hatte ich immer noch diesen Hang zu dünnen Wänden; entwarf ein Papierhaus für eine japanische Großbank, die dann das Projekt eines Einheimischen vorzog, einen Betonbunker. – Inzwischen trinke ich; trinke den Durst *und* den Hunger weg, obwohl ich hie und da noch beißen möchte; zuweilen eine Gier nach Lachs verspüre. – Die kommt aus meiner Kindheit. Meine Mutter wollte immer erneut, daß der Papa ihr Lachs mitbrachte; später ich. Saß dann beim Essen vorn auf der Stuhlkante, mit merkwürdig starren Augen. Schluckte, rannte aufs Klo und erbrach sich. – Ich konnte schon als Kind nicht richtig schlafen, schlich in den Estrich, um zu sehen, ob sie da hing, oder in den Keller. Schob die Kohlen beiseite. Immer dachte ich, daß da plötzlich ein Fuß. Ganze Nächte war sie draußen, ging am Meer hin und her. Ich hinter Felsen. Dann kam sie zurück, huschte mit steinernem Gesicht ganz nah an mir vorbei, geruchlos, ohne Geräusche, schwebte zwischen den Platanen der Allee. Wenn ich dann ins Schlafzimmer lugte, lag sie bewegungslos neben dem schlafenden Vater. – Am nächsten Morgen leuchtete die Sonne alles grell aus. Ich kriegte die Augen kaum auf vor Schmerz. – Noch heute! Der Tag macht mich blind. Eine Lichtglut, aus der Stimmen schreien. Zum Beispiel versuche ich zuweilen, Schmetterlinge zu erhaschen – hätte gern flatternde Häuser gebaut! –, habe aber bis jetzt nur einen einzigen Nachtfalter erwischt, der um meine Lampe herumtobte. Warf mein Netz über ihn und die Lampe und überschwemmte alles mit so viel Äther, daß auch ich ohnmächtig wurde. Die Morgensonne weckte uns. Mich eigentlich nur: der Falter klebte in einem Tusche-See. Der

Zeichentisch war umgestürzt, und alle Pläne waren verschmiert. – Übrigens starb mein Vater dann jäh, nicht die Mutter. Das war noch in Beirut, er ging zu einem politischen Treffen in ein Kaffeehaus nahe beim Hafen. Ich glaube, diese Runde hagerer Auslandsschweizer sah sich als eine Art eidgenössisches Zentralkomitee im Exil. Mein Vater glich in der Tat mehr und mehr Trotzki. Der Bundesrat oder Stalin schleusten einen Spitzel ein, oder das ganze Schattenkabinett bestand aus Spitzeln, oder mein Vater war ein Spitzel, jedenfalls wurde er am Tresen jenes Kaffeehauses erschossen; von einem zarten Jungen mit einer gewaltigen Pistole. Für einen Tag waren wir berühmt. In allen Zeitungen das gleiche Foto: eine Decke, unter der die Schuhe meines Vaters hervorragten. Eine Woche lang ging es meiner Mutter gut wie nie. – Da liebte ich sie. Da forderte sie nichts. – Einmal später stürzte sie davon, keine Ahnung, warum. Ich unter der offnen Tür, sie ging wegen mir. Der Vereinsamung preisgegeben. – Sofort sehnte ich mich nach ihrem Reden zurück, das das Schrecklichste an ihr war. Nur ein Totschlag konnte ihren Wörterfluß stoppen. Nur Unterwerfung half für ein paar Sekunden. Wenn ich Ja Mama ja sagte. Wasch deine Hände. Ja Mama ja. Werde Architekt. Ja Mama ja. Heirate. – Ein Wunder, daß ich so anders als meine Mutter geworden bin. – Natürlich habe ich geheiratet. Es ist schwierig, es nicht zu tun. Ich hatte die Vorstellung, ich könnte mich so in meine Frau hineinwühlen, daß ich in ihr verschwände. War nicht so. – Seit die Mutter Nacht geworden ist, sind die Tage kalt. Auf den Ästen der Birken Eulen. Fledermäuse. Ich in mein Zimmer verbannt. Trotzdem fegt die Bise durch die Fensterritzen. – Mutter sprach dann wie von Glückspilzen von jenen, die jäh umstürzten; sie verrieselte. Der Fernseher war inzwischen erfunden, sie widersprach ihm vierundzwanzig Stunden am Tag. Essen tat sie nicht mehr, nur noch trinken, Mutter Nacht, taub für die Wärme des Tags geworden.

Laut und Luise

Monologszene.
Ernst Jandl zugeeignet

I

Sehr leise gesprochen Heute möchte ich Ihnen die Geschichte von dem Mann erzählen, der sehr laut sprach. Dieser Mann bin ich, ich meine, war ich, denn als ich viel zu laut sprach, wußte ich nicht, daß ich viel zu laut sprach. Das ist bei allen Lauten so, sie wissen nicht, daß sie zu laut sind. Schon die Mutter, die Luise hieß, im Gegensatz zum Vater, der Otto hieß und früh ins Grab verstummte, sprach laut, viel zu laut, sehr viel zu. Verstehen Sie mich? Luise saß im Restaurant, nach dem Symphoniekonzert zum Beispiel, das auch schon viel zu laut gewesen war, in Lautenkonzerte ging meine Mutter Luise nie, und am Nebentisch saß eine sagen wir dicke Frau, und die Mutter, einen Katzensprung von ihr entfernt, brüllte, Horst, ich heiße Horst, schau dir mal die Dicke da an, ist das nicht grauenvoll so was, daß die nicht ein bißchen auf sich aufpassen kann oder wenigstens nicht ins Symphoniekonzert, und dasselbe, wenn sie eine Einbeinige sah oder einen Taubstummen. *Etwas lauter* Als ich um die Zwanzig war und nicht mehr auf die Mutter hörte, Luise, kaum mehr, begann ich zu ahnen, wie das war für die andern, wenn ich so dasaß und schrie, jetzt schau dir das Arschloch dort an mit seinem gelben Hemd, gottseidank bin ich kein so eins. Ich, wenn ich jetzt so was sagte, sagte so was schon sehr viel leiser, in Zimmerlautstärke, so daß nur noch hie und da einer aufstand am andern Ende der Halle und sagte, Sag das noch mal, du Affe. *Lauter* Als ich zu hören begann, daß die andern auch was sagten, ich war um die Dreißig, und was sie sagten, da begann ich zu ahnen, daß auch ich hie und da, wenn ich was sagte, nicht wahr, mindestens war es denkbar, daß das auch nicht immer das Gelbe vom Ei, ja, und ich begann *noch lauter* ganz leise zu werden, sagte nur noch das Allernotwendigste. Ein großes Bier. Zahlen. Meine Devise war Streng mit mir strenger mit euch. *Sehr laut* Ich wurde vierzig und war kein bißchen laut mehr. Alle verstummten, wenn ich ein Lokal betrat. *Schreit* Seit meinem fünfzigsten Geburtstag schweige ich. Das letzte, was jemand von mir gehört hat, es waren die zweihundertfünfzig Gäste meiner Party, die alle laut sprachen, war das Geräusch meiner Lungen, nachdem ich die fünfzig Kerzen der Schokoladentorte ausgeblasen hatte.

2

Schreit Die Mutter, um auf sie zurückzukommen, Luise, sprach so laut, weil die andern Menschen so unendlich weit weg waren für sie. Solche Eismauern zwischen ihnen und ihr. Das ist ja nun heut nicht mehr so. Auf jedem Bergwanderweg ein Stau. Diese Mutter hielt, Luise, wenn sie telefonierte, zwar den Hörer in der Hand, aber sie sprach live über Berg und Tal durchs offene Fenster hinaus, und obwohl ich jahrzehntelang auf einem andern Kontinent lebte, jenseits ewiger Ozeane, hörte ich sie durch *mein* Fenster. Natürlich hörte auch sie mich, durch die Brandmauer womöglich gar, denn ich war jung und kräftig und wollte, daß sie mich verstand, wenn ich Jetzt gräm dich nicht immer so Luise schrie, Life is beautiful schau mich an. *Leiser* Immerhin, leiser war sie schon auf diese Weise. *Noch leiser* Später verstummte sie, weil sie nach siebzig oder achtzig lauten Jahren zu ahnen begann, daß man sie hörte. Sie hatte nur zwei Möglichkeiten. Ein oder Aus. Sie hatte keine stufenlose Regelung wie ich. *Leiser* Eines Morgens schwieg sie endgültig. *Leiser* Sie wurde immer kleiner. *Leiser* Unglücklicher, noch unglücklicher, meine ich. *Leiser* Dann verschwand sie. *Sehr leise* Nur zuweilen noch träume ich von ihr und wache schreiend auf. Sie hat die Stimme von einst, wie vor Jericho, und auch ich krähe, als gehöre die Welt mir. Wach dann brauche ich eine Weile, bis ich wieder weiß, daß sie andern gehört, die Welt, mir nicht, und auch Ihnen nicht, wie Sie so dasitzen, obwohl, *so* genau kann ich das nicht wissen.

»Im Anfang war das Wort!«

»Im Anfang war das Wort!« sagte der Schöpfer, als er das All – und mit diesem die Erde – mit einem Urknall erschaffen hatte, dessen Stärke ihn selber überraschte. So berichten es jedenfalls die alten Bücher. Aber warum sagte er das, der Schöpfer? Darum: In seiner Sprache sind »Wort« und »Urknall« Synonyme. In seiner Sprache macht Sinn, was in unsrer Unsinn ist.

Er, der Einsame, der Ewigkeiten lang Stumme, sagte seinen Gedanken mit Lauten, die uns getötet hätten, hätten wir sie vernommen. Die uns versengt hätten, denn sie waren aus Flammen und Feuer. Ein einziges Wort des Schöpfers vermag durchs ganze Firmament zu rasen und alle Sterne in Glut zu versetzen. Seine Gestalt, sähen wir sie, triebe uns in den Wahnsinn. Sie ist unbeschreibbar. Dabei, ihm selber ist sein Sprechen ein angenehmes Gurren – obwohl es durch ganze Sternbilder dröhnt und deren Konstellation verändert –, und wenn er sich in den vorbeiziehenden Nebeln eines andern Alls spiegelt, lächelt er ob seiner Anmut. Andere Schöpfer anderer Alle halten sein Sprechen denn auch gut aus, so wie wir Menschen das mit den Dialekten anderer Menschen tun. Sie empfinden keine Panik, wenn sie ihn erblicken, so wie er sie in aller Ruhe betrachtet, denn alle Schöpfer sind sich ähnlich. Sie sind weder böse noch lieb. Sie sind einfach sehr groß, und so kommt es, daß ihnen zuweilen ein Haar entgeht, das von unserm Haupte fällt. – Wer die Schöpfer geschaffen hat und was dieser Schöpferschöpfer dabei gesagt hat, ist ein Gedanke, den wir nicht denken sollten. Geschweige denn, aus wem der Schöpfer unseres Schöpfers hervorgegangen ist, und so weiter.

Jedenfalls, kurz nach jenen Anfängen – laut zwar, aber sprachlos – sah unser Schöpfer von seiner unvorstellbar hohen Warte auf unsre kleine Erde hinunter, die ihm in dem ganzen Chaos des Urbeginns noch gar nicht besonders aufgefallen war: und siehe, sie gefiel ihm. Sie war blau, grün, leuchtend. Sie war viel schöner als der Uranus oder der Andromedanebel. Berge und Ebenen unter einer glasklaren Luft, die zu atmen ein Genuß war. Reine Wasser, kraftstrotzende Bäume und Blumen in den herrlichsten Farben. Die Kontinente waren noch nicht auseinandergebrochen, so daß Lotosblumensamen von Kanada nach China wandern konnten und Eichhörnchen in die andere Richtung. Tiger und Zebras überall, jeder des andern Schicksal und sprachlos mit diesem einverstanden.

Auch die ersten Menschen, als es sie endlich gab, knurrten allenfalls, Laute ohne großen Sinn. Das heißt, der Sinn war jedem klar. Sie traten in eine Distel und jaulten, und wenn sie ganze Hände voller Heidelbeeren fanden, lachten sie. Das definierte sie als Menschen. Die Sonne schien auf sie nieder, die Nacht stürzte auf sie herab, Schnee deckte sie zu, Regen taute sie auf. Die Natur war fühllos, Freund und Feind, und sie waren wie die Natur. Keiner dachte, er sei grausam, weil keiner dachte und jeder grausam war. Jeder trug den Tod in sich, bewußtlos. Niemand litt, weil das

Leiden aller so gewaltig war, daß es nicht gefühlt werden konnte. Kein Mensch war glücklich, und keiner war unglücklich. Glück und Unglück waren nicht zu unterscheiden.

Nichts war zu unterscheiden. Alles hing, auf diffuse Weise, mit allem zusammen. Niemand konnte sagen, wo das Eichhörnchen anfing und wo die Tanne aufhörte, auf der es herumsprang. Was noch Gras und was schon Kuh war. Es gab keine Begriffe, die sie getrennt hätten. Selbst der Schöpfer hatte da immer wieder seine Probleme und hielt den blauen Himmel, den er durch die Blätter der Eiche sah, für einen Teil von dieser. Der Mensch erst. Die Savanne, sein Lebensort, war ein unteilbares Ganzes. Nur empirisch konnte er feststellen, daß dieser Teil der Savanne (Löwe) ihn fraß, während jener (Schachtelhalme) es nicht tat.

So erkannte der Schöpfer, daß es zwar eine großartige Leistung gewesen war, die Schöpfung zu schöpfen, daß aber der wirkliche *challenge* – um es in der Art der damals noch nicht erschaffenen Amerikaner zu sagen – darin bestand, das Geschöpfte zu benennen. Dem Diffusen Verbindlichkeit zu geben. Das Einmalige wiederholbar zu machen. Das Erfahrene mitteilbar. Geschichte zu schaffen, Zeit, Raum. Bewußtsein. Der Schöpfer war sehr einsam, das dürfen wir nicht vergessen. Und weil er auch sehr klug war, hätte er gern jemanden gehabt, mit dem er sich hätte unterhalten können. Hie und da wenigstens, so alle zehn Millionen Jahre. Zwar hatten die andern Schöpfer ähnliche Sehnsüchte, aber wenn sie sich irgendwo in einem neutralen All trafen und zu plaudern versuchten, blieben ihre Zusammenkünfte steif und unbefriedigend.

Der Schöpfer suchte also andere Gesprächspartner. Ihm gefielen die Zebras ganz gut, auch die Wale, aber etwas zufällig entschied er sich dann für die Menschen. Er dachte an so was wie eine informelle Akademie oder an eine Art Insel der Glückseligen, wo schöne Männer und kluge Frauen am Meeresufer auf weißen Steinen lagerten, Trauben aßen, Quellwasser tranken und sich über das Wirkliche sowie über Erfundenes, Abwesendes, Unwahres und Unwirkliches unterhielten. Vor allem über letzteres. Ein Wort gäbe das andere. In das herrliche, aber irgendwie auch saudumme Dasein käme Sinn, Witz, Humor, Hoffnung und Herz. »Ich könnte mich«, dachte der Schöpfer, »so schrumpfen, daß ich auf der Erde Platz fände. Ich könnte mir Menschengestalt geben und mich unter meine Geschöpfe mischen. Niemand, wenn ich mich nur ein bißchen dumm stelle, würde meine Göttlichkeit ahnen. Natürlich könnte ich die Menschen nicht in der Göttersprache ansprechen, das wäre Mord, aber vorsichtig, selber stammelnd und flüsternd, könnte ich, zusammen mit meinen Wesen, eine Menschensprache erfinden.«

So tat er es. Der Schöpfer, der jetzt durchaus beschreibbar war – untersetzt, hängende Arme, Keule in der Hand –, setzte sich irgendwo im Zweistromland aus oder an den Hängen des Berges Ararat. Er war bald von Männern und Frauen umringt, die aus ihren Höhlen gestürzt kamen. Er redete mit ihnen, den Grunzern und Knurrern, sagte »Löwe«, »Schachtelhalm«, »Eichhörnchen« und »Baum«. Alle sperrten Ohren und Münder auf. Zuweilen fiel er ins göttliche Sprechen zurück, aus Vergeß, und dann stürzte ein Angesprochener schreiend um, mit geplatztem Trommelfell. Oder ein Dornbusch brannte und setzte die in Panik, die das Wunder sahen. Aber bald waren alle so hingerissen von dem neuen Sprechen – nur die ganz Alten schwiegen weiterhin verstockt –, daß sie es selber versuchten. Bald waren der Akkusativ, die kausale Konjunktion und das reziproke Pronomen in aller Munde.

Irgendwann einmal warf der Schöpfer wie nebenbei seinen Lieblingssatz in die Diskussion – eine echte Marotte, wenn wir uns dem Schöpfer gegenüber ein Urteil erlauben dürfen –, und alle nickten und wiederholten die Erkenntnis. »Im Anfang war das Wort.« Klar, das war ja eindeutig, man sah es an ihnen. Keiner merkte in der Euphorie des neuen Sprechens, daß das Wort nicht im Anfang, sondern im Ende ist. Damals, in jenen Urzeiten, begann das Ende. Erst wenn das Bezeichnete zu verschwinden beginnt, vervielfältigt sich der Begriff bakteriengleich. Solange fraglos genügend Luft um uns herum war, hat niemand von der Luft gesprochen. Nie. Wer, außer dem von Kürenberg, wollte denn wissen, daß der Vogel, den er mere danne ein jar gezochen hatte, ein Falke war? Solange der Himmel von Falken wimmelte? Heimatliteratur jedenfalls gibt es erst, seitdem die Heimat selbst ausstirbt. Zusammen mit der Sprache begann die Furie des Verschwindens auf Erden zu wüten. Vor dem Eingreifen des Schöpfers hatten die Menschen sich nicht gelangweilt, auch wenn sie monatelang vor dem Eingang ihrer Höhle hockten, stumm, und nur hie und da ein Affe in der Ferne vorbeizog oder ein Auerochs. Jetzt aber spürten sie die Zeit, wie sie immer schneller raste, und obwohl sie ihnen immer knapper wurde, fingen sie damit an, sie mit immer mehr Wörtern totzuschlagen.

Jeder weiß, wie es weiterging. Als der Schöpfer einmal in seinen Himmeln weilte, riefen die alleingelassenen Menschen gleich »Wolauff!« und daß sie einen Turm bauen wollten, der bis in den Himmel reiche. Der Schöpfer fuhr hernieder und las ihnen die Leviten, in der einzigen Sprache, die es gab. »Sihe«, sagte er auf sumerisch, oder allenfalls auf akkadisch. »Es ist einerley Volck und einerley Sprach vnter jnen allen, vnd haben das angefangen zu thun. Sie werden nicht ablassen von allem das sie furgenomen haben zu thun. Wolauff, lasst vns ernider faren und jre Sprache da selbs verwirren, das keiner des andern Sprache verneme.«

Seither sind wir mit dem Englischen geschlagen, dem Finnischen, dem Sardischen, dem Slowenischen, dem Koptischen, dem Mandingo, dem Athapaskischen und dem Bayerischen. Und noch vielen anderen Idiomen, die wir alle gerne hergäben, kriegten wir dafür jenes erste Sprechen wieder, das der Schöpfer den Knurrern und Grunzern unter den Palmen Mesopotamiens oder an den Felshängen jenes gerade eben erloschenen Vulkans beigebracht hatte und das im Chaos von Babel verlorenging. Seither reden wir, reden und reden. Immer mehr, immer dröhnender. Wir reden, Sprachlemminge, unserm Ende entgegen, das dann erreicht sein wird, wenn keiner mehr schweigt. – Niemand weiß, wohin sich der Schöpfer verkrochen hat. An den äußersten Rand des Universums vermutlich. Dort hört er uns immer noch, aber leiser. Vielleicht mag er, aus so ferner Distanz, das vertraute Geräusch sogar. Vielleicht erinnert es ihn an einst. Denn von den Rändern her – die Aufzeichnungen der Raumsonde Voyager bestätigen es – klingt unser kollektives Reden schon heute ziemlich genau so wie jenes Rauschen, das wir zu hören vermeinen, wenn wir mit unsern allerstärksten Hörsonden in die Tiefen des Alls horchen, und das wir für das Echo des Urknalls halten, der einmal im Anfang gewesen war.

Am Gotthard. Im Gotthard

Wer sich einst, verzweifelnd schon beim Aufbruch, aus dem Vorland kommend dem Gotthard näherte, kehrte nur darum nicht schon weit vor Erstfeld um, weil er im Kopf die Bilder jener Zitronen trug, die auf der andern Seite dieser Felsmassen blühten oder vielleicht blühten, möglicherweise blühten denn die in Blust stehenden Zitronenfrüchte waren eine Sage, die der Urgroßvater dem Großvater erzählt hatte und der dem Vater. Undsoweiter. Keiner hatte sie je gesehen. Sie waren ein Gerücht wie Timbuktu oder Sansibar. Niemand konnte sagen, ob sie nicht nur erfunden worden waren, um dem Wanderer die tollkühne Kraft zu verleihen, den Gotthard auszuhalten. Dieses Grauen. Dieses Entsetzen.

Allein schon das Tal, das zum Gotthard führte, war furchterregend. Eine immer enger werdende Erdfalte, die, so sagt man, während eines Streits zwischen Gott und dem Teufel entstanden war, indem dieser sagte, Bruder, gib mir die Hälfte deines Himmels, und der HErr antwortete, den Teufel werde ich tun! und dazu mit der rechten oder auch linken Hand auf die Erde schlug, nur um dem Teufel Eindruck zu machen. Er traf just den Gotthard, und das Tal der Reuss war erschaffen.

Die Menschen, die viel später das Tal besiedelten, das auch heute noch präzise die Breite der Finger Gottes hat, taten das nicht freiwillig. Der Gotthard und seine Täler waren eine Gegend, die man nur aufsuchte, wenn alle andern Stricke gerissen waren. Alle waren aus reicheren, fruchtbareren, lieblicheren Landstrichen verdrängt worden: Opfer, die Helden werden mußten, wenn sie nicht untergehen wollten.

Wer den Himmel sehen wollte, mußte den Kopf in den Nacken legen und erblickte – wenn es nicht regnete, und es regnete beinah immer – fern wie einen Traum ein blasses Blau. Tatsächlich gab es bald zwei Arten von Menschen: die einen konnten, wenn das Alter begann, ihre Nacken nicht mehr erdwärts wenden. Die andern hatten es, alt endlich, aufgegeben, nach oben zu lugen, und hielten alle Berichte, daß es einen Himmel gebe, für eine Lüge des Teufels.

Nur selten, sehr selten sprang ein Bewohner jener Schluchten über seinen Schatten, vor allem natürlich, weil da, wo keine Sonne schien, auch kein Schatten war. Und doch. Immer wieder brachen junge Männer und Frauen auf, stiegen stumm bergan, Hand in Hand oder allein, im Schneesturm bald, im Eisregen, stöhnend vor Angst. Aber nichts hätte sie zum Umkehren bewegen können. Ihre Herzen waren Steine für die Dauer der Flucht. Auf der Brücke des Teufels schauten sie weder nach rechts noch nach links, und tatsächlich verschonte sie der Satan eigentlich immer, weil er alle respektierte, die ihrer Hölle entrinnen wollten. Ihm selber war das nicht gelungen – der Streit mit Gott, in dem die Schöllenen entstand, war sein letzter Versuch gewesen –, und jetzt hielt er sich an räuberische Händler, verhurte Vetteln und verstockte Priester.

Es war also nicht nur ein Wunder, daß die Ausreißer

lebend auf der Paßhöhe ankamen. Es war die Gnade dessen, von dem keiner Gnade erwarten darf und der sie doch zuweilen gewährt, niemand weiß wann und warum. Himmel, was für ein Himmel! Die Sagen waren also wahr gewesen, trotz dem Toben der Pfarrer und dem Schimpfen der Lehrer! Vergessen waren Vater und Mutter, die eben jetzt im lichtlosen Tal die Laternen schwingend hin und her eilten und nach dem Sohn oder der Tochter riefen, von denen sie genau wußten, wohin sie aufgebrochen waren. Mein Gott! Sie waren des Todes, das war gewisser als gewiß! Sie selber waren auch einmal jung gewesen, aber sie hatten der Versuchung widerstanden. Und sie hatten recht gehabt. Wenn sie gegangen wären, wären sie nicht geworden, was sie geworden waren: ein Mann mit einem steifen Nacken erdwärts und eine Frau mit einem unbeweglichen Genick, das zum Himmel strebte. Es war nicht leicht gewesen, sich nie in die Augen schauen zu können. Sich mit verdrehten Köpfen zu lieben. Trotzdem hatten sie Kinder gekriegt, großgezogen, geliebt. Und jetzt das!

Die Jungen aber gingen längst jenseits bergab, der Sonne entgegen, und gelangten in die zitronenübersäten Ebenen. Ihren Kindern erzählten sie später, daß es ein Land gab, wo kein Himmel war. Und die Kinder lachten und glaubten es nicht. Dabei gab es ihn, und es gibt ihn immer noch, den Berg Gotthard, von dem Gott allein weiß, warum sein Name mit diesem steinernen Schrecken verbunden ist.

Das heißt, ich weiß es jetzt auch. Zufall oder Schicksal. Jedenfalls saß ich kürzlich erst im Bahnhofsbuffet von Göschenen und trank ein Bier. Ich war zuvor stundenlang den Gebirgsgranit entlanggestrichen. Ich wollte endlich und endgültig herausfinden, was an all den Gerüchten dran war, daß der Gotthard innen hohl sei. Daß niemand wisse, was er enthalte, oder nur ein paar wenige Geheimnisträger. Aber ich hatte nichts gefunden. Keine Tore, keine Stollen, keine Bunkerlüftungen. Ich saß nur durchnäßt bis auf die Knochen da. Draußen rauschte weiterhin der Regen, und hie und da raste ein Zug vorbei.

Plötzlich ging die Tür auf, und ein Mann taumelte in den Gastraum. Er trug einen klatschnassen Pyjama mit blauen Streifen, war steifgefroren, flüsterte: »Herrgott!« und fiel in Ohnmacht. Ich schleifte ihn an die Heizung, und die Servierin brachte ihm trockene Kleider. Was sie eben hatte, wollene Strumpfhosen und einen Bademantel aus weißem Frotté. Wir zogen ihn an. Endlich ging es ihm so passabel, daß er sich an meinen Tisch setzen und einen Tee mit mehreren Rum sowie zwei Teller Pommes frites verschlingen konnte.

Dazu berichtete er, stockend und leise, was ihm zugestoßen war. Er hatte keine Ahnung, was genau. Er war ganz normal zu Hause gewesen, in Edam oder sowo; jedenfalls nicht in Göschenen oder in Gurtnellen. Ich verstand ihn nicht genau oder nur, daß alles wie immer gewesen sei: die Palmen vorm Haus, das leise schäumende Meer, die äsenden Rehe und die Papageien. Die Sonne hatte geschienen, was sonst. Tiefer Friede. Ein normaler Tag eben. Abends allerdings habe er sich – eine Laune – in einem andern Zimmer als sonst schlafen gelegt. Und als er dann einmal, im Tiefschlaf fast, aufs Klo gegangen sei, habe er sich wohl vertan, eine falsche Tür geöffnet, sei hindurchgegangen und bei drei Grad plus im prasselnden Regen hoch über dem

Göschenensee aufgewacht. Die Tür war hinter ihm ins Schloß gefallen und hatte auf dieser Seite keine Klinke. Er schlug sein Wasser ab, und dann brauchte er dreieinhalb Stunden und seine ganze Überlebenskraft, um ins Tal hinabzukommen.

»Herrgott!« rief er, diesmal laut.

Die Tür ging erneut auf, und ein Mann kam herein. Er war klein, alt und trug einen verschlissenen Mantel aus Armeebeständen. Er sah aus, als habe er keinen festen Wohnsitz. Immerhin trug er einen Regenschirm bei sich. Er blieb an unserm Tisch stehen. »Was haben wir denn nun wieder angestellt, mein Sohn?« sagte er zu meinem Gast.

»Das ist er!« rief dieser, zu mir gewandt. »Herr Gott. Man muß ihn nur rufen, und schon ist er da.«

»Nicht so laut!« Der Alte legte einen Finger auf die Lippen. »Mein Bruder könnte uns hören. Dir zum mindesten könnte er erhebliche Schwierigkeiten machen, wenn er dich mal am Wickel hat.«

»*Der* Herr Gott?« sagte ich zu dem seltsamen alten Herrn und spürte, daß mein Herz heftig pochte.

»Vermutlich.«

»Verstehe ich recht?« Schweiß rann mir über die Stirn. »Der Gotthard ist innen hohl? Ihr Ort ist da drin? Ihr Edam?«

»Eden«, sagte Herr Gott. »Ganz recht. Mein Bruder hat alles außen. Ich alles innen.«

Ich trank einen großen Schluck Bier. »Ich dachte immer, da seien Munitionslager und Fünfsternebunker für unsre Generäle«, sagte ich. »Nicht Palmen, Meere, Blumen und Sonne.«

»Und jede Menge Platz«, sagte Herr Gott. »In Eden sind wir nicht viele.«

»Es ist das Paradies«, sagte leise der Mann im Bademantel. »Es ist wunderschön.«

Gott sah ihn nachdenklich an. »Wir müssen jetzt«, sagte er dann und nahm seinen Schützling am Arm. »Alles muß der auch nicht wissen«, hörte ich ihn sagen, während sie ohne einen Abschied davongingen. »Sonst will er auch zu uns.«

»Was muß ich dafür tun?« rief ich.

Der alte Mann drehte sich um. Hatte er mich gehört? »Bezahlen Sie unsere Konsumation!« rief er jedenfalls. Und schon waren die beiden durch die Tür verschwunden.

Natürlich folgte ich ihnen, von Stein zu Stein huschend. Gott hatte einen Arm um sein verlorenes Schaf gelegt. Sie hielten ihre Köpfe nahe beisammen, um unter dem Schirm Schutz vor dem prasselnden Regen zu finden, und gingen stracks auf die aufragende Bergwand zu. Verschwanden in ihr, ohne in ihrem ruhigen Schreiten innezuhalten. Ich rannte hin und starrte den grauen Fels an. Keine Spur eines Eingangs. Nichts. Doch, etwas: zwischen verblühten Alpenrosenstauden lag der Bademantel. Ich nahm ihn, schlug mit meinen Fäusten gegen den Granit und rief: »Herr Gott! Herr Gott!« Stundenlang vielleicht, denn meine Hände bluteten.

Plötzlich allerdings hörte ich ein Geräusch hinter mir. Ein Meckern. Ich drehte mich um. Ein Mann stand da, groß, elegant, nach der neuesten Mode gekleidet. Trocken, obwohl er keinen Schirm bei sich hatte. Irgendwie glich er dem im Fels verschwundenen Alten. War allerdings hart, wo der weich war; tot, und nicht voller Leben. Er tippte mit dem Finger gegen seine Stirn und ging mit schnellen Schritten davon. Er hinkte, und er stank nach Schwefel.

Ich ging ins Bahnhofsbuffet zurück und bestellte einen Tee und drei Rum. Ich gab der Serviererin den Frottémantel, der ein ziemlich jämmerliches Bündel geworden war. Sie sah ihn mit gerunzelten Brauen an.

»Und wo sind die Strumpfhosen?«

Ich hob entschuldigend die Hände.

»Das waren mir zwei Filous«, sagte sie. »Hauen mit meinen besten Klamotten ab und bezahlen nicht.«

»Geht alles auf meine Rechnung«, antwortete ich.

Pia und Hui

Eine chinesische Geschichte

Ich weiß nicht, ob Sie sich erinnern, daß ich in China war. Ich sagte es Ihnen, schrieb es, aber das ist lange her, sehr lange. China war anders als heut, und ich erst. Ich war ein junger wilder Bursch, hatte Haare wie der Regenwald und die Energie eines Berserkers. Ich hatte eine Frau, eine Pianistin, die Pia hieß, die ich liebte und die mich liebte – das sagte ich damals auch schon, und es war die heilige Wahrheit – und die, um es kurz zu machen, mich verließ, um in China ein neues Leben zu beginnen. Das sagte ich Ihnen damals auch, aber dabei verschwieg ich die schlimmere Hälfte der Geschichte. Wer kann ein Drama ganz erzählen, während er es erlebt?

Natürlich war ein Mann im Spiel, um mein Drama ein Spiel zu nennen, was es vielleicht in der Tat war, ein böses dann allerdings, denn ich machte, obwohl es mir das Herz zerriß, gute Miene dazu, viel zu lange Zeit eine viel zu gute Miene: statt Pia zu verhauen. Beziehungsweise, ich hätte den Mann verhauen sollen, der ein Chinese war. Das hätte mir kein Mensch übelgenommen. Es gab damals noch keinen Rassismus. Damals war China weiter weg als der Mond.

Pias Chinese war aus China, aus Shanghai, um genau zu sein, und sprach ein feines Oberschicht-Chinesisch, das er so fließend schrieb, daß seine Briefe mit Tusche gemalte lange Fahnen waren, auf denen seine Liebesschwüre wie Vögel herumflatterten. Ich mußte sie Pia übersetzen, weil ich Chinesisch kann – fragen Sie mich nicht, woher: so oder so sage ich es Ihnen –, und mit ansehen, wie meine Pia vor Glück zerfloß, wenn ich, aus dem Stegreif übersetzend, »Ich liebe dich« oder »Der Schwung deines Busens facht das Feuer meines Herzens an« sagte. Ihr Gesicht hatte etwas Entrücktes, als ob ein Himmel sie riefe, und sie hing an meinen Lippen, während ich die elenden herrlichen Herzensbeschwörungen verdeutschte.

Dabei stand ich in einem entsetzlichen Konflikt, nämlich, einerseits wollte ich viele Sätze des Chinesen verschweigen, alle eigentlich, andrerseits zwang mich mein Sinologenehrgeiz, auch die feinste Nuance haargenau zu übertragen. Und es waren Nuancen, in seiner Liebesprosa, aber wirklich! So was gibt es bei uns nicht. Wir sagen, Else, ich hab echt Bock drauf, dich flachzulegen, und schon ist alles paletti. Bei den Chinesen ist nichts paletti, das schwebt und webt, das singt und klingt, und manchmal saß ich weinend da, den Brief auf den Knien, selber verliebt in den alten Herrn aus Shanghai, der Pia beschwor, zu ihm zu kommen, der Lump, denn zudem war er auch noch alt, ein Weiser, ein gelber Weiser. Er war ein Gelehrter, der sich mit dem Okzident befaßte, mit uns also, aber theoretisch eher, alles in allem. Er hatte eine Privatdozentur an der Uni. Pia war seine erste praktische Erfahrung, und ich weiß nicht, *wie* praktisch sie wurde. Eines Tages jedenfalls war Pia weg, mit der China Airlines, vermute ich, obwohl ich keine Ahnung habe, wer ihr Ticket bezahlt hat. Sie war arm, ich war mittellos, und der alte Chinese, der immer den gleichen blauen Seidenmorgenmantel trug, sah nicht so aus, als habe er irgendein irdisches Einkommen. Vielleicht täusche ich mich da aber, Chinesen sind sehr schwer zu durchschauen. Ihre Herrscher hauen Köpfe ab, und man weiß Sekunden vorher noch nicht, wird es deiner sein oder der des Nachbarn. Du hast gegen das Regime gestänkert, der Nachbar hat ein Kind zuviel gezeugt oder mit Drogen gehandelt: niemand kann sagen, was in China gerade verfolgt wird und was nicht. Verfolgt wird allerdings immer. Nur darum verziehen die Chinesen ihre Augen so sehr zu Schlitzen, daß niemand, aber auch gar niemand die Gedanken hinter ihnen erraten kann. Man beobachte ruhig einmal, wie den Chinesen die Augen aufgehen, bis sie runde Teller sind, wenn sie im freien Westen weilen, in der freien Marktwirtschaft: da werden gerade die Chinesen zu den allergrößten Schlitzohren.

Item, Pia war weg. Sagte ich, daß sie eine Pianistin war, Pia? Nun ist China kein Land des Klavierspiels. Kein Steinway weit und breit, nicht einmal ein Bechstein. Pia war wohl ein kleines bißchen unglücklich, glaube ich, von nun an auf Bambusstäben spielen zu müssen, trotz der Glut ihrer Sinne, auf Xylophonen, die nur pentatonische Klänge zuließen. Dem Chinesen, dem Liebhaber, gefiel ihr Spiel. Sie spielte Tag und Nacht, und er hörte zu. So weiß ich nicht, ob die Ehe überhaupt vollzogen wurde. Ich habe gehört, daß die Frauen der Chinesen in der ersten Liebesnacht wie das Glockenspiel von Straßburg klingeln. Pia, klingelnd, das wäre zuviel für mich gewesen. Nächtelang zwar lag ich im Garten ihres Liebestempels, mein Ohr an die Papierwand des Schlafgemachs gepreßt: aber ich hörte nichts, gar nichts, und es kann sein – ich habe sogar den starken Verdacht –, daß hinter dem Papier gar nicht Pia lag. Und nicht der blaue Mandarin. Zudem hatte ich dicke Watteklumpen in die Ohren gestopft. Hie und da sah ich Schatten. Beine fuhren in die Höhe, Hintern, Haare wehten: aber alles in vollkommener Stille. Im Schattenriß ist das Profil der Geliebten nicht leicht zu erkennen, vor allem, wenn es sich bewegt und mit dem eines sie küssenden Manns verschmilzt, und das in einer fremden Sprache. In einem fremden Land, meine ich, in einer fremden Kultur, wo ich nie wußte, ob ein Gärtner oder bissige chinesische Hunde – man ißt sie auch, in Restaurants – mich aufstöbern könnten, zerfleischen. Die Blamage, Pia herausstürzend, ein Seidentuch vor den Busen gepreßt, hinter ihr ihr Geliebter, und sie sähen mich, triefend im Maul des Bluthunds, den sie zu genau diesem Zweck im Garten ausgesetzt hatten. Gnade, Pia!

Wie auch immer: ich mußte mich getäuscht haben. Vielleicht war ich nicht in China, jedenfalls nicht im richtigen China, in der richtigen Zeit. 1970, meine ich, damals. Ich erinnerte mich nämlich, noch zu Hause weilend und nach erschwinglichen Wegen suchend, das untreue Paar aufzustöbern, daß es Museen gab, in denen man, wenigstens wenn man Chinese war, in die Bilder hineingehen konnte, wenigstens in chinesische Bilder. Nun war ich zwar kein Chinese, hatte aber die chinesische Sprache erlernt – ich habe versprochen, es Ihnen zu erzählen –, indem ich dem werbenden werdenden Liebhaber alles, was er zu Pia sagte, von den Lippen ablas, so lange, bis ich ihn verstand. Ich war sprachbegabter als Pia. So war es nicht allzu schwierig, dem Bild, das ich mir ausgesucht hatte, deutlich zu machen, daß ich in es eintrittsberechtigt sei. Ich ging also hinein. Es war eine Darstellung der Umgebung Shanghais – so sagte es der Bildtitel –, und ich erging mich sofort zwischen etwas altmodisch hingetuschten Chinesen und Chinesinnen, zwischen Lotosblumen und Pfauen. Es war schwül. Ich schwitzte, weil ich Flanellhosen und einen Rollkragenpullover trug. In Europa war Winter gewesen. Ich zog den Pulli aus und ging auf einem schnurgeraden Weg nach Shanghai. Ich hatte keine Ahnung, wie der Mann hieß, der mir Pia entrissen hatte, oder wo er wohnte. Seine absenderlosen Briefe hatte er mit blumigen Namen unterschrieben, so vielen und so unterschiedlichen, daß ich zuweilen dachte, nicht nur *ein* Chinese, sondern das ganze Reich der Mitte werbe um Pia. Sie war ihm oder allen Chinesen spätestens nach dem vierten Brief – er war mit »Die Seele des blauen Erpels« unterzeichnet – hörig geworden, so hörig, daß sie mich nicht mal hörte, wenn ich sie anschrie. Und wie ich schrie! Ich schrie das, was wir Männer alle schreien, wenn wir vor Eifersucht kochen. Schlampe, Hure, Luder. Sie lächelte, in einer andern Welt schon, einer chinesischen.

In Shanghai dann war mein Problem, daß ich, etwas kopflos, in ein Bild aus dem 16. Jahrhundert hineingegangen war, total hirnlos, und mich also in der Ming-Dynastie wiederfand statt unter dem späten Mao. Wahrscheinlich war der Unterschied nicht groß – an allen Straßenecken wurde geköpft, daß es eine Art hatte –, aber für mich war es doch nicht unerheblich, daß die Frau, die hinter der Papierwand klingelte, welche zu belagern ich mich entschlossen hatte, nicht Pia sein konnte. Dies, obwohl der Mann, der sie zum Klingeln brachte – ich hatte die Watte aus den Ohren genommen und hörte jetzt jedes Wispern –, sie Pia nannte, auf chinesisch natürlich, in welcher Sprache man das P bekanntlich als H, das I als U und das A als I ausspricht. Hui, was für ein süßer Name! Hui war sehr verliebt, leidenschaftlich, und ich wollte gerade die Papierwand eintreten, als die Hunde kamen, Hunde, sage ich Ihnen, meterhohe, eine Meute aus meterhohen Dobermännern – keine Weibchen –, bellend, mit lefzendem Fletschen oder wie man dieses schreckliche Geifern des Gebisses bei Doberhunden nennt – ich war jedenfalls so entsetzt, daß mir keine korrekten Formulierungen einfielen. Sprachlos war ich, ich, der Sinologe, als ich Hals über Kopf durch die Parkanlage floh. Fuß, wollte ich rufen. Platz. Aber heraus kam nur ein Keuchen, und fürwahr, ich wäre zerfetzt worden, wenn sich nicht die Schiebetür aufgetan hätte und, wie geträumt, eine chinesische Schönheit, angetan mit Seide, hervorgetreten wäre, Fuß! rufend, Platz! Und hinter ihr ihr Geliebter, angetan ohne Seide, überhaupt nicht angetan von meinem Erscheinen. Aber was blieb ihm anderes übrig. Er bat mich in seine Räume. Wir saßen höflich auf Bastmatten und tranken Tee. Die Frau war natürlich nicht Pia – im Jahr 1556! –, sondern Hui, und Hui verliebte sich an diesem schönen Abend so in mich – ich mich in sie –, daß sie mir im Morgengrauen durch den Garten folgte, zwischen allen Hunden hindurch, die nun stille lagen und erst den verfolgenden Gatten so sehr anknurrten, daß er innehielt und aus immer weiterer Ferne schrie, was alle Männer schreien, wenn ihre Frauen sich mit einem andern im Morgendunst auflösen. Luder, Hure, Schlampe. Wir freuten und küßten uns. Rannten den Weg zurück und gelangten in die Gegend der getuschten Lotusse. Auch eine Pagode war da, die ich beim Kommen übersehen hatte. Ich fand auch sofort den Ausgang aus der Leinwand und half Hui ins Museum. Ins zwanzigste Jahrhundert. In meine Stadt.

Hier wird ihr Name natürlich Pia ausgesprochen, so daß ich seither wieder mit Pia zusammen bin. Ich liebe Pia. Gut, sie spielt nicht Klavier – unser Bösendorfer verstaubt im Musikzimmer –, aber sie malt entzückende Bilder, Erinnerungen an ihr altes Shanghai. Hängebrücken, sanfte Gipfel, Bambushaine. Meine einzige Sorge, schwimmend im Glück, ist, sie könnte eines Tags in eins ihrer Bilder hineingehen. Ich sähe sie, riesengroß vor ihrer Miniatur stehend, wie sie, immer winziger werdend, dem Horizont zuginge, mit festen Schritten, ohne sich ein einziges Mal umzuwenden, mir zuzuwinken, ein Punkt jetzt nur noch, jetzt nichts mehr.

Das Salz von Wieliczka

Unter der Stadt Wieliczka, die in der Nähe von Krakau liegt, in Polen also, dehnen sich die Stollen und Kavernen eines Salzbergwerks aus, das eines der größten der Erde, wenn nicht das gewaltigste überhaupt ist. Einst wurde das Salz von Wieliczka in Karren und auf Schiffen bis nach Venedig, nach Moskau, nach Paris gefahren. Könige aßen Salz, nicht Bettler, wie heute, wo ein jeder achtlos seine Pommes bestäubt. Kriege wurden um das Salz und seinen Glanz geführt. Edle Herren legten ihren Damen ein Salzfaß zu Füßen, wenn sie um ihre Hand anhielten, oder rieben sich gar mit Salz ein, damit die Angebetete ja sage und sie ablecke.

Diesem Wieliczka, wenn man es heute besucht, sieht man nicht an, daß es, anders als andere Orte seines Aussehens, gleichsam in der Luft schwebt, auf einem hauchdünnen Salzboden über Kilometern von Hohlraum, von Gott an einem einzigen Spinnwebfaden gehalten, der allein es daran hindert, in den Gruben, die es sich selber gegraben hat, zu verschwinden. Kein Wunder, daß die Bewohner von Wieliczka gottesfürchtig sind und lauter als alle andern beten. Denn sie dürfen keine Sekunde lang Gefahr laufen, daß Gott einnicke und der Spinnfaden seinen Händen entgleite.

Seit dem 13. und bis in unser Jahrhundert hinein wurde unter Wieliczka Salz abgebaut. Die Stadt steht auf einem ausgetrockneten Urmeer von schier unendlicher Größe. Im Lauf der Jahre sind die Stollen über dreihundert Kilometer lang geworden. Kavernen, in die man Kirchen stellen könnte; die Kirchen *sind*. Seen. Das Wasser, fiele einer hinein, trüge ihn wie das Tote Meer. Die Wege, die Treppen, die Wände, die Böden: Salz. Ein gewaltiges System aus Höhlen und Verbindungsstollen. Sechs Stockwerke, eins unter dem andern. Die Böden dazwischen oft nur ein paar Meter dick, auch wenn ganze Transportzüge auf ihnen fahren. Aus Salz auch sie. Nie ist einer eingebrochen, außer beim Großen Ausbruch der Pferde von 1812. Aber das ist eine eigene Geschichte.

Wer im Salzbergwerk von Wieliczka arbeitet, wußte, was die Hölle ist. Tausende fuhren jeden Tag in die Tiefe. Sie trieben neue Stollen ins Salz. Schleppten die Brocken auf Karren. Andere krochen mit Stangen, an deren Spitzen Lunten brannten, durch die Kavernen und fackelten das Methangas ab, das sich, hoch oben zuerst, immer neu bildete. Oft kamen sie so spät, daß der Stollen längst voll Gas war und die Explosion sie tötete. Wieder andere gingen den ganzen Tag lang in Treträdern, immer zwei Meter über dem Erdboden, Stufe um Stufe am sich langsam drehenden Holzrad wegtretend, das einen Förderlift oder eine Salzmühle antrieb. Wenn sie erlahmten, stach sie ein Aufseher mit einer spitzen Pike in den Rücken, und sie keuchten, schneller gehend, auf den sich unter ihnen wegdrehenden Stufen nach oben, bis sie erneut auf der Höhe der neben ihnen Tretenden waren. Wer ganz aufgab (das gab es, und es bedeutete das Ende), geriet ins Getriebe und wurde zermalmt. Das war ein Fluchen, ein Brüllen, weil der zerfetzte

Körper das Rad blockierte; aber für die andern Tretenden doch ein Augenblick der Erholung, während der Aufseher an einem blutigen Bein zerrte, an einem Arm. Man wurde nicht alt im Salzstollen.

Die Pferde, die die Karren zogen und die Förderkörbe bewegten, verließen, einmal drin, das Stollensystem überhaupt nie mehr. Für die Menschen war es nicht viel anders. Wenn sie am Morgen ins Salz einfuhren, war es noch dunkel, und wenn sie abends wieder an der Erdoberfläche ankamen, beschien bestenfalls ein Mond die Kohlsuppe, die Schnapsflasche und die Frau, wenn sie ihr grunzend beiwohnten, die Schnapsflasche im Mund auch während der Ekstase, aus der sie, stoßend noch, noch schluckend, übergangslos in einen betäubten Schlaf stürzten. Zwei schnarchende Atemzüge, drei wirre Träume, und schon hingen sie wieder im Förderschacht des Salzwerks, besoffen immer noch und schlaftrunken, an Gurten aus uralten Tüchern, die an brüchigen Tragseilen aus Hanf festgemacht waren, an denen sie achtzig oder hundert Meter tief nach unten gelassen wurden, einer über dem andern. Mehr als häufig riß das Seil, und alle, die daran hingen, stürzten in die Tiefe. Manchmal auch gab nur ein Sitztuch nach, und der jäh Überraschte rutschte, sich hilflos ans Hauptseil klammernd, auf den sicher unter ihm Schwebenden, der auch den Halt verlor und sich ebenfalls ans Seil klammerte, bis ihm die Finger bluteten, und so krachten sie zu zweit auf den dritten – all das geschah in vollkommener Finsternis, sechzig oder achtzig Meter über der Stollensohle –, ein immer größeres, immer lauter fluchendes Männerpaket, dessen verzweifeltes, fernes Getöse die unter ihnen

Fahrenden schreckensstarr hörten, wie es näher kam, laut wurde; dann über ihnen war, ohrenbetäubend. Und schon knallten sie auf dich, und auch du konntest dich nicht halten und wurdest mitgerissen, Gott lästernd wie alle andern. – Oft kamen welche zwar heil auf der Stollensohle an, befreiten sich aber nicht schnell genug aus ihren Traggurten und wurden, gerettet eigentlich schon, doch noch vom stürzenden Haufen erschlagen.

So war das unter der Erde. Auf ihr, im Licht, war eine reiche Stadt aufgeblüht. Handelshäuser, Geschäfte mit prunkvollen Auslagen, Villen, die Paläste glichen. Kutschen fuhren, denen Damen in weißer Seide entstiegen, zylinderziehenden Herren zulächelnd. Beraten von ihren jungen Ehemännern hielten sie in stillen Geschäften Unterwäsche mit Spitzen und Borten vor die Brust, unter den Blicken neidischer Verkäuferinnen, dem Geliebten spätere Exzesse andeutend. Die Delikateßläden waren voller Hummer und Lachs, obwohl das Meer viele hundert Kilometer entfernt lag. Kaviar aus Rußland. Weißbrot. In weiten, grünen Gärten Blumenmeere und Teiche, in denen unter Seerosen rote Fische schwammen. Duft, dieser Piniennadelduft in den dunklen Ecken der Gärten, wo die Kinder und die jungen Liebespaare herumkrochen! Jedes Essen war ein bißchen zu stark gesalzen, um den Gästen und sich selber deutlich zu machen, daß kein Mangel herrschte. Die Herren rechneten in holzgetäfelten Kontoren Zahlungen aus St. Petersburg und Mailand ab. Perserteppiche. An den Wänden der Salons Bilder von holländischen Meistern. Vorhänge, den trüben Tag auszusperren. Lüster und Leuchter. Dienstboten bohnerten die Korridore. An besonders herrlichen Tagen glänzende Feste: immer das Strahlen der ganz jungen Damen, stets im Ehrensessel die weißhaarige Patriarchin, taub dem munteren Geplapper der Jungen zuhörend und es mit laut gebrüllten, zusammenhanglosen Erinnerungen an alte Zeiten bereichernd. Die Herren, etwas später, mit Havannazigarren in ernstere Gespräche vertieft, die den Geschäftsgang betrafen. Rundum glücklich dennoch. Sogar sie, die die Ursache waren, hatten vergessen, daß ihr Luxus ein Elend verbarg. Daß da, wo der Luxus am heftigsten leuchtete, sein Schatten den gewaltigsten Jammer verdunkelte. Daß für jedes Pfund Luxus, das auf ihrer Waagschale lag, eine Tonne Unglück die andere beschwerte. Keine Sekunde lang dachten sie an die, die unter ihren Füßen schwitzten, keuchten, fluchten und starben.

Aber eigentlich habe ich von all dem nur gesprochen, um Ihnen von meinem polnischen Urgroßonkel erzählen zu können. Allerdings ist auch das eine eigene Geschichte. So sage ich hier nur, daß meinem Onkel Jan in ebendiesem Wieliczka die Flucht aus einer Salzarbeiterkate voller Kot in ein lichterglänzendes Herrenhaus gelang, obwohl er, blutjung noch, nicht im geringsten begriffen hatte, daß, wer am Salz seinen Gewinn haben will, es auf keinen Fall selber schürfen darf. Daß er ganz einfach das unfaßbare Glück hatte – ein wahres Gotteswunder –, von einer jungen Frau aus der Erdoberflächenwelt angeschaut zu werden – lebenden Müll wie ihn sahen solche wie sie sonst nicht an –, als er ein wildgewordenes Pferd einfing; oder sie vor einem tollwütigen Hund schützte. Daß sie ihm bald erlag. Schwanger wurde. Daß der Schwiegervater gute Miene zu dem Spiel machte, das für ihn entsetzlich genug war, auch wenn er nicht wußte, daß sein neuer Schwiegersohn von einem Vater gezeugt worden war, der während der Zeugung nicht wußte, ob er auf der Frau oder auf der Sau lag. Daß Onkel Jan schnell lernte, Zigarren zu rauchen, seiner Frau Halsketten zu schenken und trockenen Sherry zu trinken. Daß er, *les extrêmes se touchent,* bald der eleganteste Mann der Stadt war. Daß es jedoch just zu dieser Zeit mit dem Glanz der Salzmine von Wieliczka zu Ende ging, weil andere, etwa die französischen Meersalinen, billiger produzierten. – Kurz vor dem Ersten Weltkrieg wurde die Mine geschlossen, und ein Handelshaus nach dem andern machte Bankrott. Mit ihnen all die schönen Unterwäschegeschäfte und Delikatessenläden. Die Schreckensnachricht fuhr der Tochter mit tödlicher Wucht in die Gedärme. Vier Tage lang taumelte sie zwischen ihrem zerwühlten Bett und dem Klo hin und her. Ihr Jan aber, mein Urgroßonkel, gab weiterhin Geld aus, als sei welches da. So daß sich die Verhältnisse umkehrten, er, der einst Arme, den Zylinder schwenkte und großzügige Trinkgelder gab, seine einst reiche Frau sich aber an jeden Zloty klammerte, Kohlsuppe kochte und in ihren Seidenkleidern herumging, auch als sie Lumpen geworden waren. Endlich – die Villa war unter den Hammer geraten – zogen sie in die alte Kate Jans, hatten eine Sau und drei Hühner, schlotterten im Winter, verdorrten im Sommer und starben.

Zum Großen Ausbruch der Pferde von 1812 war es übrigens so gekommen: am 8. Oktober oder, nach andern Zeugnissen, am 5. November befiel die Pferde, die in den Tiefen des Salzwerks von Wieliczka schufteten, eine große

Unruhe, sei es der gräßlichen Umstände wegen, in denen sie lebten, sei es, weil die Kunde, wie herrlich siegreich der Schimmel Napoleons nach Moskau geflogen war, bis zu ihnen hinunter gedrungen war. Die Pferde rissen sich von ihren Karren oder Mahlwerken los und brachen brüllend durch alle Salzwände ins Freie. Donnerten, ein Pulk von fünfhundert Rossen, durch die Straßen der Stadt, zertrampelten Gärten und Parkanlagen, zerstampften Gaststätten, zertrümmerten Lagerhäuser. Die Bewohner Wieliczkas flohen in ihre Häuser und wagten sich erst wieder auf die Straßen hinaus, als das wahnsinnige Getrappel der zweitausend Hufe ferner klang. Da sahen sie, daß die Pferde in den Himmel ritten. Sie galoppierten, hoch oben schon, mit wehenden Mähnen schräg aufwärts auf eine Wolke zu, auf der blau leuchtend die Heilige Maria stand. Einige berichteten: Napoleon. Wiehernd verschwanden sie. – Nach einer andern Version reichte die Kraft der himmelwärts fliegenden Pferde nicht ganz aus, so daß sie, kurz bevor sie ihr Ziel erreichten, zu taumeln begannen, mit den Beinen um sich schlugen und endlich schrecklich wiehernd abstürzten, wie Felsklötze. Ein paar hundert Bewohner von Wieliczka wurden erschlagen, alle Zeugen des schrecklichen Wunders.

Bei den Augen-Wesen

In dem südlichen Alpental, aus dem meine Mutter stammt, lebte einst ein Mann, der Smagga genannt wurde und ein Hüne und Kraftskerl war. Er trank seinen Wein, indem er das Faß an den Mund hob. Man munkelte gar, er sei in Hexenkünsten bewandert. Dieser Smagga hatte eine Tochter, Mina, eine junge Frau, die trotz ihrer Schönheit keinen Mann fand, weil ein jeder im Tal sich davor fürchtete, der Schwiegersohn des entsetzlichen Smagga zu werden. Bis ein junger Mann namens Egidio auftauchte, sich um keine Gerüchte scherte und Mina heiratete. Mina, Egidio und der Alte hausten unter einem Dach, in einem Alphaus hoch über dem Talboden, und niemand wußte, wovon sie lebten.

Auch Egidio nicht. Er war von Natur aus herzlich faul und also entzückt, nur hie und da zur Kuh schauen zu müssen und nachts mit seiner Frau schlafen zu dürfen. Endlich aber begann er sich zu fragen, wie es komme, daß auch Mina den ganzen Tag nur herumalbere, und wieso Smagga immer pfeifenrauchend vor dem Haus sitzen könne und dennoch stets genug Essen und Trinken da sei. Ja, zudem brach der Alte oft ins Tal auf, und wenn er zurückkam, hatte er wieder diesen oder jenen Landflecken aufgekauft. In Tat und Wahrheit gehörte ihm längst das halbe Tal. Ging das mit rechten Dingen zu?

Egidio fand die Lösung des Rätsels schon am nächsten

Morgen. Mina war in den Hauptort gegangen, zum Friseur, und er saß neben seinem Schwiegervater vor dem Haus. Sie ließen (so wie das alle Alpenbewohner tun) den Feldstecher zwischen sich hin und her gehen und sahen gemütlich den ersten Wandersleuten zu, wie sie tief unten den Saumweg hochkeuchten. Ist das nicht der alte Lombardi? rief plötzlich Smagga. Dort, beim Kreuzweg schon? – Ja, sagte Egidio. – Da hilft jetzt nichts mehr! sagte Smagga. Jetzt mußt du mir helfen. Ich schulde dem alten Lombardi zehntausend Franken. Ich habe keinen Heller im Haus. Komm!

Im Haus drin setzte er Egidio auf einen Küchenstuhl, hockte sich ihm gegenüber hin, so daß sich ihre Knie berührten, nahm einen merkwürdig flachen, sehr weißen Stein in die linke Hand und legte die Rechte auf die Stirn. Dazu sang er ein Lied, das wie eine langsame Moll-Version von *Bandiera rossa* klang. Das Zimmer begann sich um seine eigene Achse zu drehen, oder Egidio tat es, jedenfalls leuchtete jäh ein Blitz auf, irgend jemand schrie, und Egidio fand sich keuchend in einem Alpental wieder, das er noch nie gesehen hatte. Neben ihm der ebenso schnaufende Smagga. Es war ein Tal von allergrößter Lieblichkeit, voller leuchtender Blumen, grüner Arven und mit einem tiefblauen Bergsee. Sie lagen so erschöpft an seinem Ufer, als hätten sie einen Tagesmarsch hinter sich. – Geh dort hinauf, japste Smagga, der nicht mehr der Jüngste war, und deutete auf eine kleine Anhöhe. Dort findest du flache, weiße Steine. Bring so viele von ihnen, wie du in deine Jacke binden kannst.

Als Egidio auf dem Hügel oben war und sich nach den ersten Steinen bückte, sah er eine Frau, die Heidelbeeren suchte. Ein wunderhübsches Wesen, dessen Gesicht allerdings seltsam war, um nicht zu sagen: schreckerregend. Es hatte nämlich nur zwei Augen, zwei große blaue Augen: jedoch weder Mund noch Nase. Guten Tag, sagte Egidio trotzdem wohlerzogen und verwirrt. Die junge Frau fuhr in die Höhe, schaute dahin, dorthin und rannte davon.

Nun denn. Egidio schleppte die Steine zum See hinunter. Er erzählte Smagga von der Frau. – Wir sind verzaubert, sagte dieser, einigermaßen bei Atem wieder. Die Wesen sehen uns nicht, obwohl sie die tüchtigsten Augen der Welt haben. Aber sie hören uns. Also seien wir leise. Wir haben wenig Zeit. Wir müssen zurück sein, wenn der alte Lombardi bei uns oben ist.

Egidio mußte die Steine so über die Wasseroberfläche des Sees werfen, daß sie hüpften und sprangen, und nie durfte kein schlitternder Stein unterwegs sein. Geschähe das, sagte Smagga, müßten sie bis ans Ende aller Tage in diesem Tal bleiben. Klar also, daß Egidio so gut warf, wie er es nur konnte. Smagga raste derweil wie besessen zwischen den Arven herum und stopfte ihre Zapfen in einen großen Sack. Als Egidio sah, daß er bald nur noch eine Handvoll Steine hatte, rief er nach Smagga, und der kam schneller als ein panisches Pferd zurückgerannt. Jetzt, keuchte er, mußt du wenigstens *einen* Stein so werfen, daß er genau viermal aufschlägt. Dazu muß ich singen. Natürlich sprangen die Steine, wie sie wollten, und Smagga brach seine Gesänge immer entnervter ab. Mit dem zweitletzten Stein gelang der Zauber. Es gab erneut einen Knall, neues Schreien, und schon saßen sie wieder in der Küche des Berghauses und hörten, wie draußen der alte Lombardi an die Tür pochte.

Und Egidio sah auch, wie Smagga den Sack aufschnürte, und im Sack waren keine Arvenzapfen mehr, sondern Goldstücke. Tausende sogenannter Vrenelis, deren Kurs damals bei einhundertvier Franken das Stück lag.

Bin ich blöd? sagte sich Egidio, während Smagga mit Lombardi palaverte. Mein Schwiegervater ist ein Hexenmeister, und ich soll nicht einmal eine Ziehharmonika haben auf meiner Alp? – Ich kenn dein Geheimnis, sagte er also, als der alte Lombardi abgezogen war. Ich will eine Ziehharmonika.

Warum nicht gleich einen Steinway-Flügel, sagte Smagga.

Hast recht, Vater. Will ich auch.

Sollst haben, was dir gebührt, sagte Smagga und lächelte freundlich. Komm mit! – Sie gingen bergauf, bis über die Baumgrenze. Überall Felsklötze und Bergabbrüche. Hier ist der Ort! sagte Smagga, und während er es sagte, sah Egidio, wie sein Schwiegervater wuchs und größer wurde, bis allein der Fuß so groß wie ein Haus und der ganze Smagga höher als alle Berge war. Ich werde dich zertrümmern, Wurm, rief er von hoch oben und ließ einen Hagel riesiger Felsklötze auf ihn niederprasseln. Aber ein Wunder bewirkte, daß Egidio in einer Lücke zwischen zwei Klötzen unverletzt blieb. Als das Steinepoltern über ihm aufhörte, kroch er ins Freie und sah gerade noch, wie sein Schwiegervater mit einem gewaltigen Spreizschritt über die nächste Bergkette verschwand.

Er selber hastete in die Gegenrichtung. Er taumelte über Pässe, durch Schluchten, über Grate. Als er wieder imstande war, etwas wahrzunehmen, stand er in dem Tal, in dem er und Smagga kürzlich Arvenzapfen gesammelt hatten.

Diesmal aber war er nicht unsichtbar. Bald umlagerten ihn ein gutes Dutzend der Wesen ohne Münder und Nasen. Riesige Augen. Sie starrten ihn an. Die junge Frau war auch dabei, ohne Angst diesmal und ohne ihn zu erkennen natürlich. Die Augen-Wesen behielten ihn in ihrem Tal, und nach einigen Monaten gaben sie ihm die junge Frau zur Frau. Nachts schlief er mit ihr, und tagsüber mußte er nicht einmal zu einer Kuh schauen.

Die Augen-Wesen ernährten sich, indem sie etwas Schönes ansahen. Sie saßen einfach da und schauten, mit weit aufgerissenen Augen und Blicken, die viel heller glühten als im Alltag. Wenn viele gleichzeitig aßen, konnte man ganze Blumenwiesen unter ihren Blicken zerfallen sehen. Aber nur wirklich Schönes war für sie eßbar. Rosen, Schmetterlinge, Häuser aus dem 17. Jahrhundert, Zypressen, Porzellanteller, Rebberge mit alten Weinstöcken, Bilder von Velasquez oder Chagall; von denen allerdings nicht alle. Ihr Hunger führte natürlich dazu, daß es in ihrer Umgebung immer weniger Schönes gab. Daß die Orte, an denen sie gespeist hatten, häßlich zurückblieben. Zerstört. Deshalb befahl ein strenges Gesetz den Augen-Wesen, in ihrer eigenen Heimat immer nur höchst unverbindlich zu blinzeln. Sie ernährten sich ausschließlich außerhalb ihres Tals. Dort waren *sie* unsichtbar. Einmal im Jahr (das genügte ihnen) brachen sie auf, meist in Freundesgruppen, und fraßen einen Landstrich häßlich. Längst hatten sie bedeutende Teile ihrer heimatlichen Alpen kaputtgeschaut und mußten sich ihre Nahrung immer weiter weg suchen. Im Mittelland, in der Lombardei, im Rhonetal. Einzelne waren schon, unsichtbar, bis nach Bali oder Neuseeland gelangt.

Ein paar glückliche Wochen lang genoß Egidio sein neues Leben. Seine Frau verschlang ihn mit ihren Blicken. Er schaute ebenso begeistert zurück. Ihre Nächte waren Räusche. Dann begriff er, in einem unnennbaren Schrecken, die Wahrheit. Seine Frau fraß ihn auf. Schon jetzt fielen ihm die Haare aus, und seine Haut wurde runzlig. – Er sann auf Flucht. Eines Tages sah er (er hatte seit Wochen, hinter einem Felsen verborgen, darauf gewartet), wie weiße Steine über die Wasseroberfläche des Sees segelten. Gleichzeitig verschwanden, fern, die Arvenzapfen zu Zehntausenden vom Boden. Mina, flüsterte er und kam hinter seinem Felsen hervor. Ich liebe dich. Komm, schnell, wir lassen den Alten zurück.

Und die Schöne, die dir so Augen macht? sagte die unsichtbare Mina. Was ist mit der?

Sie hat einen schlechten Charakter, sagte Egidio.

Ich liebe dich auch, flüsterte Mina. Sie gab Egidio die Steine, und während dieser sie so zu werfen begann, daß sie genau viermal aufschlugen, sang sie die väterliche Zauberweise. Bei ihr klang sie allerdings eher wie *Addio la caserma*. Sie sang sehr leise, aber Smagga roch den Braten (auch konnte er ja nun Egidio sehen, wie er die Steine warf) und rannte wie ein tollwütiger Hirsch auf sie zu. Neben ihm rannte die Augen-Frau, Mord im Blick.

Beide waren gerade noch drei, vier Schritte von ihnen entfernt, als der Zauber funktionierte. Aufatmend fanden sie sich in ihrem Heim wieder, von Smagga und der nach Menschen-Schönheit gierenden Augen-Frau befreit. Zwar hatten sie nun kein Geld mehr und mußten arbeiten gehen. Aber sie waren glücklich. Sie liebten sich. Sie verschlangen sich mit den Augen und sagten sich süße Worte ins Ohr. Sie kriegten ein Kind, eine Tochter. Sie wurden nie häßlich, auch im Alter nicht, wo sie auf der Bank vor ihrem Haus saßen und ihren ungläubigen Enkeln, mir zum Beispiel, von Smagga und den Augen-Wesen berichteten.

Das Wahrsagen
als exakte Wissenschaft

Auf dem Gebiet der prognostischen Astronomie ist ein einziger Wissenschaftler, der Amerikaner John F. Lemming (1903–1989), für seine Forschungen zweimal mit dem Nobelpreis ausgezeichnet worden. Einmal 1924, als erst Einundzwanzigjähriger, und nochmals 1988, ein Jahr vor seinem Tod. Seine erste Arbeit interessiert an dieser Stelle nur am Rande, obwohl sie eine neue Lektüre gewiß verdiente. Denn Lemming entwickelte darin immerhin die Grundzüge seiner *No-error-prognosis* – Prognose und Erinnerung seien das gleiche – und sagte die Kollision des Jupiter mit dem Halleyschen Kometen fürs Jahr 1957 voraus, eine Prophezeiung, die sich nicht bewahrheitete.

Lemmings zweite Publikation – *The Parallelism of Identical Worlds in Space* – arbeitet weiterhin mit der in der ersten Arbeit entwickelten Theorie, wenn auch irgendwie resigniert, stellt jedoch einen Quantensprung in der Definition der Strukturen des Alls dar. Sie erschien 1968, allerdings nicht mehr, wie seine Arbeit von 1923, bei der Harvard University Press, sondern im Selbstverlag. Lemming hatte sich irgendwann in den fünfziger Jahren mit Harvard zerstritten, aus Gründen, die eine eigene Untersuchung wert wären. Andere wissenschaftliche Prioritäten, abweichende politische Ansichten. Und gewiß spielte seine Angewohnheit, auch im tiefsten Winter barfuß zu gehen und in den Universitätsfluren nasse Tappen zu hinterlassen, eine gewisse Rolle beim Entschluß der *board of editors*, just sein Meisterstück abzulehnen.

The Parallelism of Identical Worlds in Space sagt, stark verkürzt zusammengefaßt, daß der Kosmos nach dem Prinzip der Spiegelung konzipiert sei, so daß jedes Phänomen innerhalb des gesamten Alls »anderswo« sein Spiegelbild finde. Die Sonne gebe es so ein zweites Mal – seitenverkehrt allerdings –, den Mond und natürlich auch die Erde. Ja, nicht nur seien diese kosmischen Duplikate »anderswo« ganz real vorhanden, sie wiesen auch, da ihre Schöpfung im gleichen Augenblick stattgefunden habe, den identischen Entwicklungsstand auf. Jeder Hase, zum Beispiel, der auf unserer Erde gerade die Löffel spitze, tue dies auch auf jener »andern« Erde. (Lemming war übrigens im Alter ein gläubiger Calvinist geworden.) Genauso jeder Mensch. Jeden von uns gebe es dort wieder. Ja, sogar er, John F. Lemming, sitze in diesem Augenblick »anderswo« an einem identischen Holztisch in einem genau gleichen Blockhaus am ebenso tiefblauen Lake Winnipesaukee und schreibe, es sei anders gar nicht möglich, einen Satz nieder, der »Ja, sogar er, John F. Lemming, sitze in diesem Augenblick ›anderswo‹ an einem identischen Holztisch in einem genau gleichen Blockhaus und schreibe, es sei anders gar nicht möglich, einen Satz nieder, der ›Ja, sogar er, John F. Lemming…‹« – eine mörderische Endlosschleife, aus der der Forscher gerade noch rechtzeitig ausstieg, indem er das Papier mit einem Aufschrei zerknüllte und in den Papierkorb warf. – Auch der Professor Lemming »anderswo«

war – das müssen wir heute als erwiesen annehmen – äußerst erleichtert, als das unselige Manuskript im Papierkorb lag.

Von Lemmings Buch wurden über fast zwei Jahrzehnte hin genau zwei Exemplare verkauft – bis am 6. Januar 1987 das Nobel-Komitee in Stockholm auf Grund eines anonymen Schreibens ein drittes orderte. (Das Buch kostete $ 69, was für die dreizehn Seiten Text, die es enthielt, doch recht teuer war.) Der eine Käufer war Yoko Mokawa, ein Japaner, der im Sommer 1968 mit seiner amerikanischen Braut durch New Hampshire trampte. Er sah Lemmings eben erschienenes Büchlein in der Auslage der einzigen Buchhandlung von Laconia, New Hampshire, liegen, hielt es für einen Science-fiction-Roman und vertat sich beim Umrechnen des Dollarpreises in Yen. Der andere, der das Buch kaufte, hieß Fred Smith. Er betrieb in ebendiesem Laconia, New Hampshire, eine Tankstelle und war Lemmings Nachbar. Jeden Freitagabend trank er mit ihm in Jolly Joe's Bar zwei, drei Budweiser. Und in Jolly Joe's Bar auch lernten sich – ein Zufall – Smith und Mokawa kennen, und wahrscheinlich weckte dieses Treffen erst in Fred Smith jenes Gefühl einer Verantwortung für das Werk seines Freunds, das dann langsam – sehr langsam eigentlich – in ihm wuchs und schließlich in dem beschwörenden Schreiben vom 2. Januar 1987 an das Preisgremium in Stockholm gipfelte, in dem er Lemmings Theorie nicht unkundig zusammenfaßte und das er mit »Ein guter Freund« unterzeichnete. – Mokawa war von seiner Braut verlassen worden, weil er, seitdem er Lemmings Buch gelesen hatte, nicht mehr mit ihr schlief, sondern Tag und Nacht von seinem Spiegel-Ich

»anderswo« sprach. Smith, anders als die Braut, ließ sich natürlich begeistert auf das Thema ein. Er hatte Lemmings Schrift am Vorabend gelesen und ihren Inhalt noch halbwegs präsent. Sie spendierten sich gegenseitig ziemlich viele Budweiser und verließen Jolly Joe's Bar als letzte.

Die Debatte drehte sich in erster Linie darum, wo konkret »anderswo« anzusiedeln sei. Mokawa postulierte es als eine unendlich kondensierte Zweitwelt, deren Ausdehnung so gering sei, daß sie in jedem Allwinkel Platz fände. Smith gab dagegen zu bedenken, daß ein Ausdehnungskoeffizient, der so nahe bei Null liege, eine schier ungeheuerliche Dichte der Masse zur Folge hätte, so daß ein Kilo Brot, das bei uns rund 950 Gramm wiege, »anderswo« $950^{3333333}$ Kilogramm schwer würde. Und wie die Hausfrauen dieses Trumm wohl nach Hause trügen? – Er selber glaubte, daß in *einem* unendlichen All stets noch ein zweites Platz finde, denn dafür sei es ja unendlich. Ein drittes sogar, wenn's sein müsse; es müsse aber nicht sein.

Heute ist erwiesen, daß Lemmings Hypothese im großen und ganzen korrekt ist. Den Beweis erbrachte sechs Jahre nach diesem Treffen – Mokawa war am nächsten Morgen tränenüberströmt abgereist, um seine Braut aufzutreiben, und ist seither verschollen – Fred Smith oder, um genau zu sein, Fred Smiths Abbild »anderswo«, den wir der Einfachheit halber Fred Smith Zwei nennen wollen. Denn es gab, da »anderswo« tatsächlich existiert, folgerichtig auch einen Lemming Zwei, und wie bei uns machten sich auch Mokawa Zwei und Smith Zwei in Jolly Joe Zwei's Bar Gedanken darüber, wo »anderswo« sein könnte. Natürlich waren wir ihr Anderswo.

Allerdings hatte Lemming eines in seiner Theorie nicht bedacht: daß die Menschen »anderswo« zwar alle unsre Handlungen im Maßstab 1:1 reproduzieren – was, nebenbei gesagt, ihre Autonomie erheblich einschränkt; falls es nicht umgekehrt ist und *wir* nachäffen müssen, was sie treiben –, daß sie aber zusätzlich eigene Dinge tun können. – Wie sie dazu Zeit finden, ist eine ungelöste Frage. Vielleicht wenn wir schlafen. Ja, vielleicht schlafen die »andern« nie. Haben dann Zeit für ihr Eigenes und klinken sich wieder in unser Leben ein, wenn wir aufwachen.

Jedenfalls dachte der »Anderswo«-Fred-Smith durchaus brav die analytischen Gedanken des Fred Smith Eins – oder umgekehrt –, verfolgte aber zusätzlich und mit großer Energie den Plan, jene andere Erde, unsere also, aufzusuchen. Er verbrachte jede freie Minute in seiner Werkstatt hinter der Tankstelle und hatte endlich ein taugliches System gebaut, das die rund 65754[23] Lichtjahre, die unsre Erden auseinanderliegen, überwinden konnte. Es bestand aus einem Raketensatz, den er wie einen Rucksack trug und der ihn so beschleunigte, daß er just um die zurückzulegenden Lichtjahre schneller als das Licht war. Er kam also zur gleichen Zeit hienieden an, zu der er »anderswo« aufgebrochen war.

Theoretisch gesprochen. Denn als er am 8. August 1974 auf dem George-Washington-Square von Laconia, NH, gelandet war und seinen verräterischen Rucksack vom Rücken nestelte, fuhr ein blauer Volkswagen quietschend und hupend in einen Obststand und warf ihn um.

Ein *déjà vu*. Ein großes Geschrei der Obstfrau, das ihm ebenfalls sehr vertraut vorkam. Tatsächlich hatte er den kleinen Unfall vor genau sechs Tagen in *seinem* Laconia schon einmal gesehen! Sein Raketensatz hatte nicht präzise gearbeitet! Die Zeit hatte sich um sechs Tage verschoben! Er konnte voraussagen, was morgen passierte, untrüglich! Es würde regnen! Und Richard Nixon würde zurücktreten!

Fred Smith Zwei ging in Jolly Joe's Bar. Er wußte, daß sein Spiegel-Ich darin saß und mit dem alten Lemming Budweiser trank. Er hatte vor sechs Tagen dasselbe getan. Er trat an ihren Tisch.

»Mein Gott«, sagte Lemming und wurde kreideweiß.

»Was ist los?« sagte Fred Smith, der Erdling. »Ist Ihnen nicht gut?«

»Sie haben mir nie gesagt, daß Sie einen Zwillingsbruder haben.«

»Ich habe keinen Zwillingsbruder«, sagte Fred Smith.

»Er mag mich nicht«, sagte Fred Smith Zwei. Er begriff, daß ihn jeder sah und hörte: nur sein anderes Ich nicht. »Ich hau auch gleich wieder ab«, fuhr er also fort, zu Lemming gewandt. »Nur noch eins: Ihre Arbeit über die Spiegel-Welten ist ein Meisterwerk.«

»Danke«, sagte Lemming.

»Morgen wird Nixon zurücktreten, und es wird regnen.«

»Sind Sie Wahrsager?« sagte Lemming.

»Ja.«

»Sie können sich an die Zukunft erinnern?!«

»Seit wann sprechen Sie mit sich selbst?« sagte Fred Smith Eins.

»Ja.«

»Was meine Spiegel-Theorie betrifft.« Lemming sah Fred Smith Zwei mit seinen veilchenblauen Augen an. »Sie ist ein vollkommener Blödsinn.« Er gebrauchte, nach der Art der Amerikaner, ein weit freimütigeres Wort.

Fred Smith Zwei lüftete den Hut. »Sie irren sich. Ich bin der Beweis.« Er ging aus der Bar.

Draußen stand er eine Weile lang ratlos da und sah die Straße auf und nieder. Dann ging er in die Lotto-Annahmestelle gegenüber und kreuzte die Gewinnzahlen der kommenden Woche an. Er erinnerte sich genau. Der Jackpot war ihm sicher. Achtundzwanzig Millionen Dollar.

Er steckte den Schein in einen Briefumschlag, adressierte ihn an sich selbst, klebte eine Marke drauf und warf ihn in einen Briefkasten. Dann zog er seinen Raketenrucksack wieder an, straffte die Gurte, stellte sich in die Mitte des George-Washington-Square und drehte den Zündungsschlüssel. Als er abhob – schneller als die Zeit –, sah er Lemming und den einheimischen Fred Smith im Laufschritt um die Ecke biegen, »Halt!« und »Warten Sie!« rufend. Sie hatten die Lösung des Rätsels, das er war, gefunden. Aber es war zu spät. Schneller als sofort war er wieder in *seinem* Laconia, New Hampshire, und rannte zusammen mit *seinem* Professor Lemming um die Ecke des George-Washington-Square, »Halt!« und »Warten Sie!« rufend. Beide standen keuchend da und sahen in den leeren blauen Himmel hinauf. Ein paar Tauben, sonst nichts.

»Wow«, sagte Smith.

»Tja«: Lemming.

Langsam gingen sie zu Jolly Joe's Bar zurück, wo sie noch ein paar Budweiser kippten. Erst lange nach Mitternacht fiel Lemming auf, daß Fred Smith einen merkwürdigen Rucksack trug, verkohlt und stinkend. Er wollte ihn fragen, was das sei. Fred Smith aber war in eine heftige Diskussion mit Joe verwickelt, in der es darum ging, daß er kein Geld hatte und die Biere anschreiben lassen wollte. Er werde bezahlen, wenn er wieder ein paar Dollar kriege, nächste Woche vielleicht.

Vor uns die Sintflut

Alle reden vom Wetter, nur die Bibel nicht. In der Bibel gibt es kein Wetter. In der Bibel gibt es Dürren und Erdbeben und fette Jahre und magere Jahre, auch vom Himmel regnendes Feuer und herabstürzende Wasser und sogar Meere, die sich auftun und wieder schließen: aber kein Wetter. Nie würden die Propheten sagen, daß Moses vor sein Zelt trat und, siehe, das herrlichste Wetter war. Nie. Es gibt im Althebräischen gar kein Wort für Wetter; im Altgriechischen übrigens auch nicht. Ja, sogar bei uns war das Wetter bis zur Romantik, das heißt, bis zur Erfindung des Tourismus, ein unbekanntes Wort. Das *Wetter*, dieser heute allgegenwärtige Begriff, ist denn auch von den britischen Urtouristen in die Schweiz eingeführt worden, als sie das Klima um Interlaken herum kennenlernten und es mit dem von Northcumberland verglichen. »*It's much wetter, isn't it?*« sagten sie zueinander, auf die Regenböen deutend, die gegen die Eigernordwand schlugen. Und sie hatten natürlich recht.

Wenn sie ihr Wetter erst mit dem biblischen verglichen hätten! In der Bibel gibt es die Sintflut, die Mutter aller Wetter, und sie allerdings hat in unserer kollektiven Erinnerung tiefe Spuren hinterlassen. In allen nassen Ländern, also auch bei uns, gibt es heute noch – und heute mehr denn je – eigentliche Noah-Kulte, die, obwohl kein Gesetz sie verbietet, ziemlich geheim ausgeübt werden, und zwar aus gutem Grund. Der gute Grund ist, daß, kommt die von den neuen Noahs täglich erwartete große Flut wirklich, alle Nachbarn, die über so was eben noch Witze gerissen hatten, auch noch in die Arche hinein wollen. Mit Garantie, und vermutlich sogar mit Gewalt.

Dabei ist es eigentlich nicht verwunderlich, daß jemand dem biblischen Noah mit Haut und Haar verfällt. Denn erstens wurde er von Gott auserwählt, gerettet zu werden. Zweitens wurde ihm (und deshalb durfte er sogar seine Frau mitnehmen) das Vergnügen zur Pflicht gemacht, eine neue Menschheit zu zeugen. Und drittens trank er fast täglich über die Hutschnur.

Die meisten Verehrer Noahs belassen es bei letzterem, zuweilen noch bei zweitletzterem. Einige wenige aber, die Ernsthaftesten unter ihnen, wollen sich wirklich retten, wenn es der übrigen Erde an den Kragen geht; und erst noch möglichst so, wie es der alte Noah tat. Ich habe jetzt schon von sieben solchen Menschen gehört – sollen wir sie Spinner nennen oder Realisten? –, von dreien in Großbritannien, zweien in Frankreich, einem in Holland und einem Schweizer. (Der heißt Jean-Paul Aebi und wohnt an der Ruelle du Lion 13a in 2030 Gorgier.) Sie halten jeden Nieselregen für die finale Flut und denken jedesmal – während sie die Südwester und die Gummistiefel anziehen – in einem auch sie selber überraschenden Gefühl tiefen Triumphs, daß jetzt die Welt untergeht und daß die Nachbarn, diese Blödmänner, jetzt halt absaufen! Diese Sünder! Hätten sie früher auf sie gehört!

Die Noahs von heute bauen in ihren Gärten oder Hinterhöfen Archen, nach den alten Plänen immer, wenn auch zuweilen mit modernen Materialien. (Herr Aebi zum Beispiel verwendet ungeniert Araldit.) Die meisten dieser Archen sind längst fertig, auch wenn kein Mensch weiß, wie viele es genau sind. Die Dunkelziffer mag beträchtlich sein. Wer weiß, wenn's soweit ist, wird das erdumspannende Wasser wie einst der Ärmelkanal aussehen, als die heilige Armada gen Engelland zog. Tausende Noahs zeugen auf ihren Kajütenpritschen wie besessen die Bevölkerung von morgen, und ebenso viele Tauben fliegen los, den Berg Arafat zu suchen, den Berg Ararat, meine ich.

Als es vor kurzem so heftig regnete, daß man in der Gegend von Köln meinte, am Meer angekommen zu sein, hob in Holland unten – Wasser! Wasser! – eine dieser Archen tatsächlich ab. Ihr Erbauer, ein Mijnheer Vanderblöden, hatte verabsäumt, sie am Boden zu vertäuen, und erreichte gerade noch, verzweifelnd crawlend, das auslaufende Rettungsgefährt. Er erwischte auch seine Frau noch, Gott sei Dank; aber mit den Tieren war es natürlich Essig. Da schwammen sie nun, selber tropfnaß, über ihrer Heimat, deren Dachgiebel noch aus den Wassern ragten. Auf einem dieser Giebel saß eine Katze, die sie mitnahmen. Später fischten sie noch einen Hund auf, einen alten Hahn und endlich, als sie sich schon auf höchster See und von Gott verlassen glaubten, auch noch einen Esel. Auch der hatte alle Hoffnung aufgegeben und wurde nur noch von dem Pflock, an dem er angebunden war und der neben ihm trieb, über Wasser gehalten. Sie hievten ihn an Bord. Frau Noah trocknete ihn mit ihrer eignen immer noch nassen Bluse, Noah gab ihm gute Worte, die Katze leckte ihn, der

Hund stieß seine nasse Schnauze gegen die seine und jaulte, der Hahn plusterte sich auf und wieder ab, und endlich hob der Esel den Kopf und lächelte und sagte: »I-a!«

Die Arche schwamm und schwamm. Der Mijnheer hatte sie tadellos konstruiert. Er hatte sogar daran gedacht, den Kiel fachgerecht zu beschweren, indem er Hunderte von Moselweinflaschen dort unten bunkerte. Nur trank er natürlich auch an Bord, anders war die Sintflut ja auch nicht auszuhalten, und je mehr geleerte Flaschen er ins Wasser warf, desto instabiler wurde die Arche. Kleinere Wellen drohten sie bald einmal umzuwerfen. Schließlich kenterte sie beinah schon, wenn der Hund bellte oder der Esel einen unbedachten Hopser tat. Mijnfrau Vanderblöden schrie jedesmal laut auf vor Schreck. Auch die Tiere schauten beunruhigt, wenn sie minutenlang im labilen Gleichgewicht zwischen Kielunten und Kieloben fuhren, die Köpfe dicht über der Wasseroberfläche. Nur Käptn Vanderblöden war zu besoffen, um zu erkennen, daß seine Welt am Untergehen war. Er blinzelte über die unendliche Wasserflut und versuchte sich zu erinnern, wie die biblische Geschichte weiterging.

Am achtzigsten Tag – in Wirklichkeit war gerade eine Woche vergangen – schickte er seine Taube aus. Der Hahn mußte diese Aufgabe übernehmen. Er startete äußerst widerwillig, eigentlich nur, weil der Mijnheer ihn grob in die Luft warf. Er drehte eine panische Flatterrunde ums Schiff und landete im Heck. Der Mijnheer, der ihn sofort aus den Augen verloren hatte, ward von einem heiligen Staunen ergriffen, als er ihn nach weiteren acht Tagen dort fand, an etwas Grünem kauend, das er für einen Ölzweig hielt, was aber ein Stück Staniol eines Flaschenverschlusses war. »Land in Sicht!« rief er, und tatsächlich sah er, kaum hatte er den Mund wieder zu, eine Küste, keine steile allerdings, wie sie die Bibel versprach, sondern eine flache mit Giebelhäusern. Trotzdem stand die ganze Crew ergriffen an der Reling, alle nebeneinander, so daß die Arche endgültig umkippte, obwohl Frau Vanderblöden im letzten Augenblick noch versucht hatte, den Esel von Lee nach Luv zu reißen. Sie wateten an den Strand von Scheveningen, ein paar Meilen nur von ihrer Heimat entfernt. Viele Schaulustige. Das Fernsehen. Noah gab ein paar Interviews – eher der dritten Art, was mit dem Moselwein zusammenhing, den er nicht erwähnte –, und dann fuhren er und seine Frau mit der S-Bahn nach Hause, wo das Wasser inzwischen auch wieder abgeflossen war. Die Tiere verkrümelten sich irgendwie. Manche behaupteten, sie hätten sie auf dem Weg nach Bremen gesehen, aufeinanderhockend und gräßliche Lieder singend.

Die Nachbarn begrüßten sie mit großem Hallo. Sie hatten sie nicht vermißt – die Vanderblödens waren keine Menschen, die einem fehlten, wenn sie mal weg waren –, aber nun, da sie den Heimweg gefunden hatten, halfen sie ihnen, das nasse Haus wieder bewohnbar zu machen. Es hatte keine Opfer gegeben. Allerdings waren ein Hund und eine Katze verschwunden. Der Mijnheer dankte allen zerstreut und machte sich daran, neues Material für die nächste Arche zusammenzutragen.

Meine Jahre im Coca-Wald

In einer längst vergangenen Zeit, als ich noch unbeschadet durch Myriaden von Malariastechmücken gehen konnte, als ich Killerviren und Mörderbakterien anstandslos besiegte, als ich es mit Lamblien jeder Couleur aufnahm und jene mikroskopisch kleinen Würmer, die sich durch alle Organe bis zum Hirn fressen, weder auf ihrem Weg noch nach ihrer Ankunft bemerkte: irgendwann in jenen starken Tagen verbrachte ich einige Sommer und mehrere Winter in den Wäldern Boliviens, Brasiliens, Venezuelas. Kann sein, daß es mich auch nach Kolumbien verschlug: im Regenwald sind die Grenzen grün. Ich ging damals mehr oder weniger nackt. Trug nur ein paar Federn, ein bißchen Farbe auf der Brust und einen Penishalter aus einem Kürbis. Ich war ein Indianer, das heißt, ich wollte einer sein. Sprach auch ein bißchen jene Sprachen, in einem alten Wörterbuch blätternd und mit einem Akzent vom hinteren Bruderholz.

Natürlich war ich nicht grundlos unterm Kreuz des Südens gelandet. Es würde zu weit führen, wenn ich hier erzählte, warum mich sogar Hunde mieden und Katzen anfauchten. Es genügt zu sagen, daß sie den Geruch nicht mögen, den die Traurigen und Einsamen ausströmen. Tatsächlich schluchzte damals jeder los, der mich erblickte, ich als erster, wenn ich in den Spiegel sah. Ich wurde, verlassen, wie ich war, regelrecht bissig, kaute meine Fingernägel und fraß Schokolade, bis ich rund wie eine Kugel war. Etwas mußte geschehen. Ich floh, vor mir selber natürlich, und landete in jenen Tropen. Alle waren fröhlich dort, alle außer mir. Tanzten unter Palmen. Ich fühlte mich lausiger denn je. Bis mir eine Frau, die ich im *supermercado* kennengelernt hatte und die mein Elend erkannte, einen Buschen Blätter der Cocapflanze gab. Sie kaute sie selber, wenn sie mit mir war, vermutlich, um mich auszuhalten.

Die Wirkung war jäh. Ich wurde auf der Stelle glücklich. In der Tat plapperte, hüpfte und grinste ich so unaufhörlich, daß meine Freundin mich verließ. Ich verdoppelte die Cocadosis und verbrachte viele Abende in den Spelunken von San Salvador de Bahía oder vielleicht von Medellin, bis mich die Stammgäste, endgültig genervt von meiner Beglücktheit, in den Wald davonjagten, dessen einzige Nahrung just jene göttliche Pflanze war.

Dort warf ich meine Kleider weg – Federn lagen überall herum, Kürbisse sowieso – und fraß mich durch den Dschungel. Ich erzählte den Bäumen Witze. Mein Jubeln vertrieb Affen und Jaguare. Das Coca war mühelos zu kauen, schmeckte gut und nahm mir den Hunger. Nach ein paar Wochen allerdings kriegte ich einen grauenvollen Durchfall und konnte nur noch in der Hocke vorwärts hüpfen. Ich stank so, daß Indianer mich fanden. Sie gehörten einer Kultur an, die alle ihre Probleme mit der Steinaxt löste, und flößten mir, um mich zu heilen, Säfte aus Cocapflanzen ein, die ihre Schamanen in Neumondnächten gepflückt hatten. Es gab in ihren Wäldern nichts anderes als Coca. Sie aßen es als Brei und tranken es als Bier. Darum waren sie ja, solange sie jung waren, derart liebevoll, energisch und klug. Dreißigjährige allerdings lösten sich bereits in ihre Bestandteile auf. Ihre Seelen stülpten sich nach außen, ihre Hornhäute krochen nach innen, und jede Berührung tat ihnen so weh, daß sie sich weder waschen noch küssen ließen.

Ich genas. Vom Coca hatte ich allerdings die Nase voll. Ich aß nicht mehr, was meine Retter für mich kochten, und sagte ihnen bald einmal, daß ich weiter müsse. Sie hielten mich nicht zurück. Seit ich kein Coca mehr zu mir nahm, war ich wieder eine rechte Nervensäge geworden.

Immer hungriger kletterte ich die Flanken der Kordilleren hinauf. Inzwischen sah ich wie der Suppenkasper im letzten Stadium aus, und auch meine Seele war erneut recht übel dran. Auf einer Hochebene traf ich einen zartgliedrigen Jüngling, der im Schneidersitz im Biswind saß, leise vor sich hin weinte und behauptete, ein Schriftsteller zu sein. Das störte mich damals nicht, ich selber war noch keiner und sah in ihm einen Bruder im Geiste. Ich hockte mich neben ihn und weinte auch ein Stündchen oder zwei. Er hieß Carlos, der Schriftsteller. Carlos Castaneda. Es ist kein Wunder, daß nie jemand etwas von ihm gehört hat, gelesen, meine ich, denn ich sah ihn nie schreiben. So sehr nicht, daß ich ihn bald für einen jener Unglücklichen hielt, die zwar einen Abschluß in Harvard oder am MIT haben, aber vor lauter *Mark-the-correct-answer-with-a-cross*-Tests vergessen haben, wie man einen zusammenhängenden Satz schreibt. Jedenfalls, wenn wir nicht weinten, wenn wir etwas erlebten, rief er mir »Schreib das auf, Mann! Du kannst das doch!« zu: und steckte meine Notizen dann ein. Ganze Bücher! Bald war das Innenfutter seiner Jacke so voll mit meinen Papieren, daß er wie der Michelin-Mann aussah. Im peruanischen Winter – Sturm! Schnee! Eisregen! – fror er viel weniger als ich.

Er hatte es mit den Pilzen, Carlos, bot mir auch welche an, und da ich am Verhungern war, aß ich tüchtig mit. Sie schmeckten besser als das Coca, und ich setzte wieder ein bißchen Fleisch an. Oft saßen wir mit einem Korb halluzinogener Pfifferlinge im Stoppelgras einer indianischen Savanne, mampften und sahen in den unendlichen Sternenhimmel hinauf. Wir hatten beide Visionen. Carlos schwebte und unterhielt sich mit verstorbenen Magiern, und ich sah stets eine himmelgroße Frau in einem weißen Ärztekittel, die mir sehnend die Arme entgegenreckte.

Wenn wir keine Visionen hatten, sprachen wir von unserm Kreuz, das bei uns beiden eins des Nordens war. Carlos kam, trotz seinem Namen, aus Seattle; ich bin aus Basel. So was wird keiner los, ein Leben lang. Carlos war, wie ich, von einer lieblosen Geliebten in den Dschungel getrieben worden. In die künstlichen Paradiese der Drogen. Sie war eine Skilehrerin und hatte jetzt einen andern. Meine Verlobte war eine Zahnarztgehilfin gewesen und ihrem Chef erlegen. Ich schaffte es nicht, gegen seine herbe Männlichkeit anzustinken, und ließ mir von ihm jeden Zahn einzeln ziehen. Sie assistierte ihm dabei. Himmelte ihn an, wenn er »Tupfer!« oder »Beißzange!« murmelte. Ich lag mit einem weit aufgerissenen Maul unter ihnen, von Klammern am Sprechen gehindert. Nach dem letzten Zahn, als die Klammern weg waren, sagte ich dem Zahnarzt, was ich von ihm hielt – nichts, absolut nichts –, und meiner Braut, daß ich sie liebte wie in der ersten Nacht. Beide verstanden mich nicht, obwohl ich gewiß nicht der erste war, der sie zahnlos anlallte. Ich schlug aufschluchzend die Tür der Praxis hinter mir zu und schiffte mich nach Südamerika ein. Dort wartete ich darauf, daß mir die Zähne nachwüchsen und daß der Verlassenheitsschmerz nachließe. Alles in mir schrie nach Trost. Das Coca, das mir jene Frau gab, dämpfte meine Heilungsqualen und nahm mir den Hunger nach Steaks oder Schokoriegeln, die ich nicht hätte kauen können.

Ich habe keine Ahnung, was aus Carlos geworden ist. Klapsmühle, denke ich. Heute, längst vom Coca und den Pilzen weg, hätte ich unsre Drogenschriften gern, unsere erleuchteten Erlebnisse. Ich würde sie ein bißchen zurechtredigieren, gäbe ihnen zündende Titel *(Das Feuer von innen, Die Lehren des Don Juan, Der Ring der Kraft)*, und ab mit ihnen auf den Markt für die Ekstasenfreaks, die Übersinnlichen und die Seelenwanderer. Man könnte sie gut verkaufen, da bin ich mir sicher. Aber damals hatte ich keinen Dunst, wie man seine sieben Erfahrungen zu Geld macht, und warf sie im Dutzend unbeschrieben ins Leben zurück.

Auch die Pilze gab ich von einem Tag auf den andern auf, wie zuvor das Coca. Carlos und ich hatten uns gestritten. Er sah mich mit einem durchdringenden Blick an und rief, die Welt wäre friedlicher, wenn alle Menschen Pilze kauten. Ich tippte mir mit dem Zeigefinger gegen die Stirn, und er schoß aus einem 45er Browning auf mich, ohne mich zu treffen allerdings.

Trotzdem schlug ich mich erneut in die Büsche. Ich ging ein paar Tage lang geradeaus und abwärts und landete an der Küste, in einer Bar in einem Hafen. Ich bestellte ein Glas Wasser. Mir fiel nichts anderes ein. Es schmeckte großartig, und ich trank noch viele Gläser. Mein Kopf wurde immer klarer, und ich fühlte mich konkret und fest. Glücklich beinah. Zufällig saß ich neben einem Ethnologen, einem Franzosen, der eben angekommen war und die Indianer erforschen wollte. Er wußte nur noch nicht recht, wo anfangen. Ich erläuterte ihm, wie traurig die Tropen seien. Immer weniger Palmen, kaum noch Lebenslust. Dafür jede Menge von korrupten Kolonialherren ausgeliehene Erinnerungen und leere Colabüchsen. Wer hier glücklich werden wolle, müsse sich schon selber tummeln. Er wurde immer begeisterter, mein Franzose, und schrieb alles, was ich sagte, in ein kleines Wachstuchheft. Später machte er noch ein Foto von mir. Vor allem mein Kürbis hatte es ihm angetan. Er gab mir zum Abschied hundert Dollar. Das war damals viel Geld, und ich kaufte mir am nächsten Tag dafür einen Anzug aus flottem Flanell, ein rosa Hemd, neue Schuhe und ein Gebiß. Die Federn und den Kürbis ließ ich einpacken. Dann aß ich ein T-Bone-Steak mit einem Topinambur-Gratin.

Damit war das Geld allerdings alle, und ich mußte per Anhalter in die Schweiz zurückfahren, über die Bering-Straße. Just am Sankt-Nikolaus-Tag kam ich in Zürich an. Ich hatte einen Bart bis zum Bauchnabel und fror wie ein Affe. Ich klingelte bei meiner Geliebten. Sie öffnete mir, schön wie eine Vision, mit zwei Kindern zwischen ihren Beinen. »Hi!« sagte ich, und als ich merkte, daß sie mich nicht erkannte, fügte ich mit Grabesstimme hinzu: »Ich bin der Samichlaus!« Ich gab den Kindern die Federn und den Kürbis. Während ich die Treppe hinunterging, hörte ich die Stimme des Zahnarzts, die »Wer war das?« rief. »Niemand«, antwortete seine Frau und schloß die Tür. Einen Augenblick lang hatte ich ein bißchen Lust auf einen Bissen Coca oder einen Pilzhappen. Aber mit den Drogen war es vorbei, das hatte ich mir geschworen. Ich ging ins nächste Restaurant und bestellte einen Dreier Chianti.

In Hotels

In Genua schlief ich in einem Hotel – das heißt, ich schlief eben nicht –, da dröhnten unablässig Vierzig-Tonnen-Lastzüge auf mein Zimmer zu, alle mit aufgeblendeten Scheinwerfern und so nah vor mir abdrehend, daß ich bei jedem dachte, nein, der schafft die Kurve nicht, der wird mich zermalmen. Der Lärm! – **In Siena** aber sangen Nachtigallen vor dem Fenster, und Glühwürmchen flogen. – **In Naxos,** vielleicht auch **in Paros**, war mein Zimmer das hinterste von dreien. Ich konnte es nur betreten, wenn ich durch die beiden andern ging. Im ersten wohnte ein Paar aus Paris, das tagsüber um Tempelsäulen strich und ins Gras gestürzte Kolosse vermaß. Nachts lagen sie stets wie tot nebeneinander. Nie das Liebestoben, in das ich – »Pardon, madame! Excusez-moi, monsieur!« – hineinzuplatzen hoffte. Das zweite Zimmer gehörte einer Italienerin. Sie saß den ganzen Tag über auf der Hotelterrasse und las *I promessi sposi*, und nachts beäugte sie mich mißtrauisch, wenn ich vorbeischlich, die Decke bis zur Nasenspitze hochgezogen. – **In Niš** schlief ich mit meiner Frau *und* meiner Mutter in *einem* Bett. Wir waren auf der Heimfahrt von Griechenland, und das Einbettzimmer von Niš war das letzte freie auf dem ganzen Balkan gewesen. Es gab kein Fenster, nur ein Lüftungsloch hoch oben. Mäuse, die ich für Ratten hielt und die das vielleicht auch waren, fegten unter dem Bett hindurch. Es war so entsetzlich, daß meine Frau und ich, obwohl hellwach, kein Wort sagten. Am nächsten Morgen – mattes Licht floß durch das Loch an der Decke oben – sah meine Frau wie meine Mutter aus und ich wie ihr Urgroßvater. Die Mama aber, putzmunter, hätte unsre Tochter sein können. Sie hatte wie ein Murmeltier geschlafen und rief, wie gut die Idee gewesen sei, das schöne Feriengeld nicht für ein zweites Zimmer verschleudert zu haben. Das würden wir von jetzt ab immer so halten. – **In Argos** kriegte ich, auf den Balkon tretend, jäh eine monumentale Depression und fand mein Leben, das eben noch ein Honigschlecken gewesen war, eine untragbare Last. Dabei hatte mir Argos, ein griechisches Provinznest mit einer kriegerischen Vergangenheit, gar nichts angetan. – In **La Rösa** lag ich (ich war etwa zwölf Jahre alt) ganze Tage auf einem Felsen dem Hotel gegenüber, mit einem Feldstecher meines Vaters an den Augen. Ich sah riesig vergrößert die weißen Betten in den Zimmern, die alle auf etwas zu warten schienen, von dem ich noch nicht *genau* wußte, was es war. Ich erfuhr es auch nicht. Nur einmal kam ein Mann und holte seinen Anorak aus dem Schrank. – **In St. Moritz** war ich tatsächlich einmal im Hotel Palace, jenem bizarren Schloß, in dem auch Gunter Sachs, Aga Khan oder Maria Callas schlafen oder schliefen. Ein Verleger hatte mich in seine Welt eingeladen, die, damals wenigstens, in keinster Weise meine war. Tatsächlich strafte mich Gott auch sofort für meine Anmaßung, denn ich kotzte die ganze Nacht über, sterbenskrank, weil ich einen alten Fisch gegessen hatte. – **Am Balaton-See** fanden wir die längste Zeit keinen Ort zum Schlafen. Wir fuhren und fuhren. Es war längst dunkel, und in unsre strahlende Reiselaune mischten sich zunehmend Müdigkeit und Mißmut. Da tauchte wie durch ein Wunder ein helleuchtender Hotelkasten vor uns auf, ein Ozeandampfer auf hoher See. Wir stellten unsern R4 vor den goldglitzernden Eingang und gingen Hand in Hand, wie Hänsel und Gretel, über unendliche Teppiche auf einen Empfangschef zu, der uns in sozialistischer Würde entgegensah. Wir kriegten ein Zimmer. Eine halbe Stunde später saßen wir gebadet und gekämmt im Speisesaal. Kronleuchter, ein gläserklirrendes Gästegewimmel an unzählbaren Tischen. Während wir aßen, beschlich uns allmählich, aber immer unabweisbarer ein Gefühl, daß irgend etwas nicht stimmte. Nur was? Ich prüfte diskret, ob ich den Hosenschlitz zu hatte, und meine Frau, ob nicht alle Knöpfe ihres Rocks hinten offenstanden. Nein, alles bestens. Wir aßen weiter. Plötzlich legte meine Frau die Gabel hin und sagte mit einer endgültigen Stimme: *Sie haben alle Pyjamas an!* Tatsächlich. Alle Gäste an allen Tischen trugen Pyjamas oder Nachthemden. Ihre nackten Füße steckten in Pantoffeln. Das Hotel war kein Hotel, sondern ein Sanatorium für Werktätige, die das Plansoll zehnfach übererfüllt hatten und am Ende ihrer Kräfte waren. Wir, in Jeans und Rock, waren bestürzend *overdressed.* Aber niemand beachtete uns, und wir wurden mit ausgesuchter Höflichkeit bedient. – **In Wiler,** in einem Berghotel voller ausgestopfter Gemsen, saß ich auf dem Klo, und ein Mann mit einem langen Bart steckte plötzlich den Kopf durch einen Schieber in der gegenüberliegenden Wand, sagte »Ach so!« und verschwand wieder. Schloß den Schieber fast zart. Ich sah ihn nie wieder, während meines ganzen Aufenthalts nicht. Vielleicht wohnte er, ein wegen Blutrache Gesuchter, in einem Hohlraum hinter der Toilettenwand. Vielleicht war er eine Kuckucksuhr, Walliser Variante, und hatte nicht »Ach so«, sondern »Halb zwo« gesagt. – **In Uppsala**, vielleicht auch **in Malmö**, in Schweden jedenfalls, übernachtete ein Freund von mir in einem dieser Hotels, die man bereits vergißt, während man sie noch bewohnt. In denen nie etwas geschieht, was man später erzählt. Sheraton, Hilton, Sie wissen, was ich meine. Ein Zimmer ist wie 's andre, immer eine Bibel im Nachttisch und ein Pay-Porno darauf. Das heißt, in einem dieser Sheratons, das vielleicht auch ein Marriott war, erlebte mein Freund – die Ausnahme von der Regel – eine Geschichte, die sehr erzählenswert ist. Er erzählte sie mir in der Bar eines andern Sheraton, auch in Schweden, **in Göteborg** nämlich, wo wir zusammen an einer Buchmesse aufgetreten waren, jeder vor etwa zehn Zuhörern, den gleichen zudem. Es war ein großer Schritt für uns gewesen und ein sehr kleiner für die Menschheit. Item. Die Geschichte ging so: mein Freund tappte mitten in der Nacht, aus dem Tiefschlaf hochschreckend, aufs Klo und trat, statt ins Bad, in den Korridor hinaus. Natürlich fiel die Tür hinter ihm ins Schloß, und klarerweise war er ohne das Plastikkärtchen, das sie wieder geöffnet hätte. Er war splitternackt. Zudem hatte er seine Brille nicht auf und konnte einen Etagenkellner nicht von einem Feuerlöscher unterscheiden. Um das Maß voll zu machen – an dieser Stelle bestellten wir beide ein weiteres Bier –, hatte er ein starkes Schlafmittel eingenommen. Eine Lage, in der sogar Hiob aufgegeben hätte. Mein Freund aber fuhr mit dem Lift sieben Stockwerke nach unten und ging zum *Welcome desk*, hinter dem er auch, näher kommend, einen Schatten ahnte, der einem Menschen glich. Es war der Nachtportier. Mein Freund rummste in mehrere Möbel und kriegte die Kante des *desk* zu fassen. »Klo«, sagte er. »*I locked me out. Could you help me, please!*« So etwas in der Art. Der Nachtportier sagte auf schwedisch etwas, was sicher nicht *welcome* hieß. Mein Freund tat einen weiteren Schritt, stolperte über die Lehne eines Sofas und schlief sofort tief. Ich weiß nicht, wie und ob er in dieser Nacht wieder in sein Zimmer kam. Jedenfalls ist er weltweit der einzige Mensch, der in einem Sheraton, das vielleicht auch ein Holiday Inn war, etwas *erlebt* hat. – **In Lompoc, California**, einem dieser Orte, in denen ein Fremder nur hält, wenn sein Auto kaputtgeht – das war mein Fall –, übernachtete ich in einem Motel. Es sah aus, als sei es für einen Film von John Ford gebaut worden und damals schon alt gewesen. Es wurde, von mir einmal abgesehen, ausschließlich von Ingenieuren einer nahen Basis für Interkontinental-Atomraketen und ihren Frauen bewohnt, pickligen Jünglingen und bleichen Mädchen in Jeans. Die Zimmerwände waren so dünn, daß ich nicht nur das Paar im nächsten Zimmer, sondern auch die Bewohner des über- und überübernächsten hörte. Das gleiche auf der andern Zimmerseite. Sechs Paare. So daß ich jetzt weiß, daß die Amerikaner öfter als wir lieben; als ich mindestens. Allerdings auch wesentlich hastiger. Irgendwie abwesend, nebenbei, so als sähen sie gleichzeitig fern. Vielleicht taten sie das tatsächlich, denn ich hörte sechsmal das gleiche Programm, je ferner, desto leiser. Nur die kleinen Schreie der sechs Frauen waren ein bißchen verschieden und die Grunzer der Ingenieure. – Einmal fuhr ich spät nachts durch **Montreux** und beschloß in einer Eingebung, die Nacht in dem Hotel zu verbringen, in dem der von mir so geliebte Vladimir Nabokov eine Wohnung unterm Dach hatte. Ich kriegte eine Suite, die ein Vermögen kostete, schlief wunderbar und träumte von Lolita. Am nächsten Morgen, auf der Straße, sah ich, daß neben meinem Hotel noch so ein Prunkbau aus dem 19. Jahrhundert stand und daß ich im falschen gewesen war. – **In Paris** wohnte *ich* in einem Hotel, auch unterm Dach. Es hieß *Hôtel de France* und wurde von vier oder zwanzig Nordafrikanern – je nachdem –, zwei Persern und mir bewohnt. Nur Männer. Die Besitzerin (es waren die *early sixties*) erlaubte keinen Damenbesuch. Damen mußten an der Loge vorbeikriechen, hinter der sie saß, etwas, auf das sich die einen einließen, die andern eben nicht. Meine Mutter zum Beispiel (in den *early sixties* besuchten Mütter ihre fernen Söhne) war nicht zum Kriechen zu bewegen, und prompt kam die Besitzerin hinter uns dreingestürzt und sprach die sofortige Kündigung meines Zimmers aus. »*Je suis la mère!*« rief meine Mutter ein ums andere Mal. »*Tant pis!*« antwortete die Besitzerin. »*Tant pis, madame!*« Ich versuchte, in all dem Getümmel die Geschichte von Oidipos zu erzählen, ich sei keiner und meine Mama schon gar keine Jocaste, während sie, die Besitzerin, bald der Sphinx gleichen werde, der bekanntlich jemand in einem Streit die Nase abgeschlagen habe. – **In Zürich** endlich kam ich einmal so spät und so müde im Hotel Pfauen an, daß ich, als zwar alle Türen offenstanden, aber kein Mensch zu sehen war, einfach einen Schlüssel vom Brett nahm und mich ins Bett legte. Am nächsten Morgen war erneut niemand da, und so ging ich halt wieder. – Zudem dienen Hotels natürlich sogenannten Abenteuern. Wem nicht, irgendwann in diesem langen Leben. Ich denke da an Hotels **in München, Berlin, Graz, Verona** und **Venedig**. Aber jede und jeder weiß auch, daß die Verjährungsfrist, nach der das Gelebte in herzlicher Unschuld erzählt werden kann, eher dreißig als zwanzig Jahre beträgt. – Eine Regel, an die sich Max Frisch nicht hielt, nachdem er **in Montauk** mit einer Frau namens Lynn in einem Hotel gewesen war. – Schön sind die erzählten Geschichten: noch viel schöner oft die verschwiegenen. **In Basel** zum Beispiel, vor vierunddreißig Jahren, merkte die Frau, die ich in ein Hotel verlockt hatte, daß sie, bei Lichte besehen, eigentlich gar nicht mit mir sein wollte, und so zogen wir uns halt wieder an und gingen den Rest der Nacht am Ufer des Rheins auf und ab. – So erlebt man so allerhand in Hotels, was andererseits auch wieder natürlich ist, denn dafür sind Hotels ja da.

*Das Geheimnis der Greise
vom Kaukasus*

Vor ein paar Jahren beschäftigte ich mich mit den Völkern des Kaukasus. Ich versuchte herauszufinden, warum die Kaukasen so viel älter als alle andern Menschen werden. Was sie da falsch machen. Was dazu führt, daß trotz Seuchen, Lawinen und Russen ganze Horden Hundertjähriger um Korkeichen oder Gletschermühlen herumsitzen und von früher erzählen. Alle haben noch den letzten Zaren vor sich hergejagt und ihr Beefsteak unterm Sattel weichgeritten. Greisinnen sitzen natürlich auch in der Runde: haben ihre Kinder, wie es damals üblich war, hoch zu Roß empfangen und geboren. Es gibt nichts Vitaleres als diese Uralten, wenn sie sich ihre Jahresringe zeigen. Unglaublich, unbegreiflich. Wenigstens damals verstand ich sie nicht. Ich hatte nämlich, angesichts des Zustands der Welt, nicht die Absicht, alt zu werden. Genau darum wollte ich ihr Geheimnis erfahren. Um es anders zu machen.

Zuerst hatte ich allerdings die Bulgaren untersucht. Bei ihnen ist's das Joghurt, ganz klar. So daß ich ziemlich lange kein Joghurt mehr aß, genau wie Wolfgang Hildesheimer, mit dem ich mich oft, während wir Rotwein tranken, über diese barbarische Milchspeise unterhielt. Bei ihm wirkte die Maßnahme. Ich aber fühlte mich gesünder denn je und wandte mich, weil der Joghurtentzug nicht anschlug, den

Kaukasen zu. Deren Sehr-alt-Werden (so viel hatte ich bald einmal heraus) ist jedoch nicht monokausal, sondern kumulativ, und das erst noch in Sprachen, die kein Mensch versteht. Es gibt ein paar hundert kaukasische Völker und ebenso viele Idiome. In manchen Talschaften spricht jedes Dorf sein eigenes. Je höher, desto hauchiger. Über viertausend Meter öffnen die Einheimischen, als seien sie Fische, nur noch die Lippen. Im Ossietischen Kaukasus spricht sogar jedes einzelne Gehöft seine eigene Sprache. Die Nachbarn verstehen sich nicht und treiben zwar Handel, aber auf der Basis schrecklichster Irrtümer. Sie wollen Hafer und kriegen Backsteine. In Astrachanka endlich, in Sichtweite des Kaspischen Meers, hat jeder einzelne sein eigenes Sprachsystem. Der Mann versteht seine Frau nicht, das Kind nicht seine Eltern. Jeder schweigt für sich allein und spricht ausschließlich nach innen. Dort ist vermutlich ein ziemlicher Lärm. Aber wie soll ein Fremder da seine Neugier befriedigen?

Ich reise im übrigen nicht selber. Das war mir zu gefährlich. Wie viele sind gesund und munter aufgebrochen und tot zurückgekommen, gerade aus dem Kaukasus! Aber es gab jede Menge Bücher! Wer ist nicht alles in jenen unzugänglichen Schluchten herumgewandert, auf diesen verlorenen Hochebenen! Scipius Claramontis im Jahr 1649 bereits, J. Reineggs 1796, Wilhelm von Freigars 1812, zwei Jahre später Julius Klaproth, 1815 dann Mr. v. Engelhardt und Johann Jacob Friedrich Wilhelm Parrot. Adolph Theodor Kupffer 1830, Friedrich Kolenati 1858, Arthur Thurlow Cunynghame 1872, Hjalmer Sjörgen 1889, Douglas W. Freshfield 1896, Andreas Fischer 1913. Sogar Carl Seelig machte einen »Spaziergang durch den Kaukasus« und berichtete darüber im Bulletin des Schweizerischen Alpenclubs. Später beschränkte er sich auf Spaziergänge mit Robert Walser, der dabei allerdings eine kaukasische Zähigkeit zeigte. Noch später kam er am Bellevue unter eine Straßenbahn. *Einer* der vielen Gründe, weshalb die Kaukasen uralt werden, ist gewiß, daß es im ganzen Kaukasus keine einzige Straßenbahn gibt.

Das, was ich wissen wollte, erfuhr ich aber weder von Seelig noch von den vielen andern Reisenden. Die wirklichen Gründe, weshalb nichts, aber auch gar nichts die Kaukasen unter den Boden bringt. Dabei tun sie vieles, wenn nicht alles so, als ob sie unbedingt jung sterben wollten. Sie trinken wie die Löcher. Sie springen von hohen Felsen in Spalten von sonst seichten Bergbächen, die gerade so breit wie sie selber sind, und auch das nur, wenn sie ihren Sprung in einer bolzengeraden Achtungstellung ausführen. Sie kämpfen mit bloßen Händen mit Bären und haschen Giftschlangen im Sprung. (Ich habe vergessen, wer springt, der Kaukase oder die Schlange.) Sie werben um ihre Bräute, indem sie dem Rivalen, während er im Mondlicht die vermeintlich bereits errungene Geliebte küßt, aus Tannenwipfeln Felsbrocken an den Schädel werfen. Es gilt als Todsünde, dabei irrtümlich die Braut zu erschlagen. Je blutbespritzter eine solche aber ist, desto begehrter darf sie sich fühlen. Desto mehr Ansehen genießt sie. Ihr Hochzeitskleid muß scharlachrot sein, soll später Glück das Paar begleiten, und nach der ersten Nacht werden nicht die Linnen aus dem Fenster gehängt, sondern die Lederhüte der toten Rivalen. Alle Kaukasinnen, abgesehen von denen mit den Pferden, gebären während der Feldarbeit; innezuhalten beim Rübenausreißen gilt nicht. Das Kind, ob Mädchen oder Junge, hilft sofort mit, noch an der Nabelschnur hängend, die es durchbeißt, während es das erste Karöttchen in den Henkelkorb der Mama tut. Erst die Ururalten sind von der Arbeit dispensiert, sitzen schwadronierend, rauchend und trinkend herum und reiten nur noch einen gestreckten Galopp, wenn sie einen Russen am Horizont erblicken. Das Russen-Erschlagen ist ein alter Brauch, eine Notwendigkeit wohl auch, weil die Russen seit Jahrhunderten den Kaukasus, seit ebenso langer Zeit ein Land mit eigenen Ansichten vom Leben, ihrer effizienten Verwaltung unterstellen möchten. »Nimm einem Kaukasen sein Erdöl«, sagt denn auch ein russisches Sprichwort, »und er gibt dir Zunder.«

»Stell dem Tataren keine Frage«, sagt dafür eine kaukasische Spruchweisheit. »Er gibt dir sonst eine Antwort.« *Ich* habe nie einen getroffen, einen Tataren; *ich* hätte ihn gewiß gefragt. Offenkundig tat das aber keiner der vielen Forscher. Sie nahmen als selbstverständlich hin, daß überall verwitterte Greise herumsaßen.

Jahre vergehen. Ich aß weiterhin kein Joghurt und tat auch sonst das eine oder andere Ungesunde; aber ohne Leidenschaft, das muß ich zugeben. Die Lösung, die aus mir einen andern Menschen machte, einen Wahlkaukasen, fand ich, wie so oft, an einem Ort, wo ich sie am wenigsten vermutet hatte. Ich wollte mich nämlich, vor kurzem erst, von meinen sieben Thomas-Mann-Briefen trennen (das ist ein Fachausdruck, wenn man etwas Kulturelles zu Geld machen will) und ging zu einem Autographenhändler, der

Nummer eins seiner Branche. Dem teuersten, meine ich. Wir wurden uns bald handelseinig. Ich kriegte einen Scheck und die Erlaubnis, im Keller noch ein bißchen in den Schätzen des Hauses herumzukramen. Dort blätterte ich zuerst eher gelangweilt in kostbaren Autographen von Mozart und Goethe herum und zog dann, aufs Geratewohl, unter einem Stapel Zeitschriften ein Konvolut aus Papieren hervor, die (angesichts der Pingeligkeit des Händlers) ziemlich nachlässig mit einer groben Kordel zusammengebunden waren. Eine zentimeterdicke Staubschicht. Ich schnitt die Schnur durch und hielt einen handschriftlichen Reisebericht durch den Kaukasus in Händen. Das Datum war 1860 und der Autor Karl May. Der Fund war um so mehr eine Sensation, als die Arbeit, die erste Mays überhaupt, offenkundig von strengster Wissenschaftlichkeit war. Tabellen, Statistiken, wörtliche Protokolle.

Nun verehre ich seit meinen Jugendtagen Karl May so, daß ich nicht nur neunundfünfzig von seinen vierundsechzig Büchern gelesen, sondern auch eine Frau geheiratet habe, die wie er heißt. May, nicht Karl. Immerhin bin ich auch Reiseschriftsteller geworden. Also nahm ich den ganzen Packen, hielt den Daumen auf den Autorennamen und stieg ins Lokal zurück. Der Händler hatte mich vergessen und verbesserte eben mit Tusche und einem Bügeleisen einen Originalbrief Luthers an Melanchthon. Wir feilschten erneut ein bißchen, und dann gab ich ihm den Scheck zurück und zog dafür mit einem der Forschung unbekannten Werk Karl Mays ab, das er für das eines Niemand hielt.

Es war tatsächlich ganz anders als, sagen wir, *Durchs*

wilde Kurdistan oder *Der Mahdi*. Nüchtern, klar. Kein Hadschi Halef Omar, allerdings (eine Art Vorläufer) ein einheimischer Assistent, der Stalin hieß, ein im Kaukasus so häufiger Name, daß jener getreue Bursche wohl kaum ein Vorfahre des späteren verdienten sowjetischen Massenmörders war. Vor allem aber unterscheidet sich Mays erste Arbeit radikal von allen andern Reiseberichten. So auffallend, daß ich zum Schluß kam, alle andern Reisenden seien nur im Kopf gereist und hätten sich ihre Erlebnisse aus den Fingern gesogen. Keine blutbespritzten Bräute bei May, im Gegenteil. Keine Sprünge von hohen Felsen. Und *ihm*, dem kaum zwanzigjährigen Forscher, fiel als erstem das Offensichtliche auf. Daß jede und jeder zweite steinalt war. Er suchte und fand die Lösung dafür.

Sie ist umwerfend einfach. Die Kaukasen leben so lange, weil sie *gern* leben! Logisch, daß sie alt werden wollen; logisch eigentlich auch, daß sie es tatsächlich werden. Sie freuen sich, anders als wir in unserer Kultur, auf jeden neuen Tag und stehen voll frischer Begeisterung mit der Sonne auf, außer nach den Nächten des vollen Mondes, wenn sie eines ihrer rauschenden Feste gefeiert haben. Dann schlafen sie bis tief in den Tag hinein, Männer und Frauen ineinander verknäuelt, Mund an Mund, lächelnd in schönen Träumen, die sie sich sofort erzählen, wenn sie aufwachen. Sie kennen siebenunddreißig Wörter für Wasser, das ja tatsächlich aus ungezählten Quellen sprudelt. Sie singen mit reinen, blechernen Stimmen. Oft sitzen sie in Wiesen voll rotem Mohn und schauen den Schmetterlingen zu, die in Schwärmen über den Blüten tanzen. Tiere jagen sie keine oder nur zum Spaß; die im Flug erhaschten Bären lassen sie gleich wieder frei. Ihr Beef, das ist wahr, schmeckt ihnen am besten, wenn sie ein paar Stunden darauf herumgeritten sind. Es gibt Restaurants, die zehn oder mehr Zureiter beschäftigen, die in ewigen Kreisen ums Lokal herumreiten, die Steaks unterm Sattel. Ihr monotones Getrappel gehört zu jenen Geräuschen, die man gar nicht mehr hört; so wie bei uns der Straßenverkehr oder kleinere Schußwechsel. Die Alten erzählen gern Geschichten von früher, aber nie, daß es da schöner gewesen sei. Kein Kaukase reist. Wieso denn. Alle bleiben gern da, wo sie sind. Nur wenn sie einen Russen erblicken, springen sie auf ihre Pferde. Sie essen kein Joghurt, nie.

Karl Mays Darstellung machte aus mir einen neuen Menschen. Seither will ich auch leben, gerne leben, meine ich. Sogar angesichts *unserer* Welt. Vielleicht tut ihr das gut, denke ich seither: daß sie jemanden sieht, der nicht in *alle* Fallen tappt, die sie uns stellt. Auf meine Weise versuche ich, ein Kaukase zu sein. Natürlich muß ich dabei ein paar Konzessionen machen. Zum Beispiel halte ich mir kein Pferd und esse, wenn überhaupt, am liebsten Natura-Beef aus Argentinien. Auch lasse ich die Russen in Frieden, so lange wenigstens, als sie das auch mit mir tun.

Solferino in uns

Einst kam die Welt, schlecht und recht, ganz ohne ein Rotes Kreuz aus. Dann, eine Weile lang, schien ihr eines zu genügen. Heute aber hasten Ärzte und Krankenschwestern von einem Krisenherd zum andern. Stillen Hektoliter Blut und hinterlassen, wenn sie zur nächsten Massentragödie gerufen werden, Heerscharen von Verstümmelten. Carepakete stürzen aus Flugzeugen und erschlagen die, die ihnen entgegeneilen. Stoppelbärtige Söldner nehmen hohnlachend Ambulanzen und Hospitäler unter Beschuß, während sie einem Reporter von CNN ein Interview geben. Jede Mörderei übertrifft die vorhergehende, und wir lernen die Namen von Völkern und Weltgegenden kennen, von denen wir lieber nichts wüßten. Offenkundig reicht heute *ein* Rotes Kreuz nicht mehr aus. Zu viele Orte des Leidens.

Nicht mehr einer wie in den Tagen von Solferino – schon ein paar Kilometer weiter, an den Ufern des Gardasees oder in den Gassen von Verona, tranken die Menschen unbesorgt Kaffee –, nicht mehr zehn wie in den fünfziger Jahren, sondern Hunderte. Was sage ich, Hunderte! Sieben Milliarden Krisenherde! – Henri! Du da droben in deinem Himmel, den du dir wohl verdient hast! Hör zu!: Inzwischen braucht jeder Mensch, die blindesten Mörder ausgenommen, sein Rotes Kreuz. Jeder sein eigenes. *Alle* brauchen wir Erste Hilfe, dringend, weil sich nicht nur um uns herum, sondern auch in uns drin die Toten und Todwunden häufen.

Keine Ahnung, wie sie in uns hereingekommen sind. Sie waren nicht immer schon da. Aber plötzlich sind wir mit Opfern angefüllt, die ihre Hände flehentlich jemandem entgegenrecken, der nicht kommt. – Was ist los? Was ist mit uns geschehen? Mit unsern Herzen, unsern Seelen, unsern Hirnen? Einst waren wir doch mit hell leuchtenden Bildern von Müttern angefüllt, die uns wiegten! Die brummigen Scherze der Väter umschnurrten uns! Wir saßen auf grünen Wiesen und staunten vorbeigaukelnden Schmetterlingen nach! Der Himmel war blau, die Sonne schien, und Libellen flogen über stille Weiher, in uns drin, in unsern Erinnerungen. Selbst und gerade in schweren Lebensaugenblicken konnten wir in uns hineinsehen – um uns herum das momentane Chaos – und uns mit den Bildern des einst wirklichen Glücks Mut machen.

Weg! Fort! Verschüttet! Wieso liegen nun plötzlich Verstümmelte, Verblutende, Verendende bis zu unsern innern Horizonten? Wer hat uns das angetan? Henri! Henri Dunant! Ich muß es dir sagen: gegen die Schlachtfelder, die wir inzwischen in uns herumtragen, war Solferino ein Kindergeburtstag. Dabei war Solferino *kein* Kindergeburtstag. Natürlich nicht. Es gab hunderttausend Tote. Dreißigtausend schrecklich Verletzte brüllten um Hilfe. Aber, verstehst du, es gab andrerseits auch nur *ein* Solferino, für Jahrzehnte. Es verstörte eine ganze Generation. Sogar der Sieger, Napoleon der Dritte, kotzte vor Erschütterung, als er sah, was er angerichtet hatte, und bot Kaiser Franz Joseph einen Friedensvertrag an, den seine Berater, die kräftigere Mägen und steinerne Herzen hatten, für eine Kapitulation hielten. Ja. Und Solferino blieb dann auch die letzte große Metzelei für die nächsten fünfundfünfzig Jahre, bis zum Ersten Weltkrieg, dessen Massenmord uns zwang, in neuen Größenordnungen zu denken. Wir wurden für den Zweiten Krieg geschult, eine Schule, in der wir – das ehrt uns, und es vergrößert unser Unglück – alle versagt haben und weiterhin versagen. Nämlich, wir haben uns keineswegs an den alltäglichen Mord gewöhnt.

Henri, wo bist du? Kannst du uns sagen, wie wir das aushalten sollen? Diese Ruandas, Kambodschas, Somalias, dieses Bosnien: ein Solferino nach dem andern? Es geht inzwischen Schlag auf Schlag. Du konntest fünf Jahre lang über das Trauma deiner Schlacht nachsinnen, und als du dann *Un Souvenir de Solférino* schriebst, eine eher besonnene als flammende Anklage, war niemandes Erinnerung an das Morden verblaßt. – Aber heute, Henri, du hast ja keine Ahnung. Wirklich jeden Tag sehen wir neue Zerfetzte. Der Sudan oder Angola: längst vergessen. Sogar Hiroshima, der einst undenkbare Schrecken, ist nur noch ein ferner Schatten in uns. Mein Gott, wenn ich's recht bedenke, es waren auch nicht viel mehr als hunderttausend Tote. In Hiroshima starben nicht mehr Menschen als in Solferino, schneller halt. Humaner vielleicht, nicht?

Auf solche Totenzahlen – Henri, hörst du mir zu? – kommen wir inzwischen bei einfachen Industrieunfällen. Bopal, gut, das waren ein paar weniger, zehntausend nur. Aber stell dir mal vor, in Schweizerhalle wäre eine andere Lagerhalle abgebrannt, die nebendran, und die zweihunderttausend Bewohner von Basel hätten nicht nur gehustet und geweint und sich gefürchtet, sondern sich in den Straßen gekrümmt wie die Fliehenden von Pompeji oder jene von Saddam Hussein mit Giftgas beworfenen Kurden! Oder wirf einen Blick auf Creys-Malville, den Gau von übermorgen, und du stehst ganz schön blöd da mit deiner Ersten Hilfe von Solferino. Das war lieb, und wir lieben dich dafür, Henri. Wie du selbstlos – so sagte man doch zu deiner Zeit? – das getan hast, was getan werden konnte. Ohne Ansehen der Person – gell, das sagte man auch? – halfst du dem Nächsten: ob er nun einer aus Bordeaux, ein Zuave, ein Kroate, ein Ulan, ein Ungar oder ein Wiener war. Kaum jemand half dir, die Erste Hilfe war noch nicht erfunden. Damals half sich jeder selbst, solange er das noch konnte. Da waren eigentlich nur noch ein paar Frauen aus dem Dorf – die Verstümmelten stöhnten und schrien aus allen Richtungen der Windrose! –, ja, und dann die beiden englischen Touristen, die nach Venedig gewollt hatten und das alles wahnsinnig *thrilling* fanden, sogar als sie als Spione aufgehängt werden sollten und du sie gerade noch retten konntest. Und endlich war da noch der Handelsmann aus Neuchâtel – auch ihn lieben wir! –, der für jeden Sterbenden, dessen er habhaft werden konnte, einen Abschiedsbrief an die Braut oder an die Mutter schrieb, mit seinen Worten, flammend!, innig!, leidenschaftlich!, weil die Opfer selber keine Formulierungen mehr fanden. – Das war die Erste Hilfe von damals, dein Rotes Kreuz *avant la lettre*. Es reichte natürlich nicht aus, aber es war mehr, als einer erwarten konnte. – Ja, damals konnte man noch arglos in eine Schlacht hineinstoffeln, »Nicht schießen! Tourist!« rufen und sich nützlich machen. Tu das mal heute, in

Bihac oder in Tschetschenien oder neben dem Block vier von Tschernobyl, während du die Explosionen hörst und die Techniker sich anschreien.

Wir haben inzwischen alle gesehen, was du gesehen hast. Nicht ganz das gleiche, und nicht wirklich auf deine Weise. Wir haben das Fernsehen. Also kennen wir die Bilder, nur die Bilder meist: aber auch die Bilder tun weh. Wohin wir uns auch wenden: Menschen, übereinander geworfen, in einander verkrallt, sich würgend noch im Tod. – Erinnerst du dich überhaupt noch an Solferino, heute, wo du ein Engel bist? Es war glühend heiß. Fliegen umsurrten dich, Millionen Fliegen. So viel Blut, daß *alles* blutrot war. Zerhauene Körper, wohin du schautest, in den wahnsinnigsten Verrenkungen. Einem steckte eine Wagendeichsel im Bauch und kam hinten wieder heraus. Einem hing das Gesicht abgeschlagen am Kinn. Einem lief das Hirn aus, und er lebte noch. Einer hatte eine zertrümmerte Brust und stöhnte aus ihr heraus. War das nicht das Schlimmste: dieses Brüllen, dieses Stöhnen, dieses Heulen? Wie konntest du es aushalten?

Ach Henri. Du hast mich schon verstanden. Natürlich sind wir wehleidig heute, gewiß. Aber Menschen leiden auch heute noch, und wir haben noch immer keine unbeschränkte Kraft. Wir brauchen immer noch Hilfe, mehr denn je. – Nicht daß wir nicht andern hülfen! Oh, natürlich tun wir das. Ich bin seit Jahrzehnten bekennendes Mitglied deines Roten Kreuzes und fülle jeden Tag ein paar Postschecks aus. Weißt du, so nach Gefühl, weil, einen andern Maßstab habe ich eigentlich nicht. Zwanzig Franken für die Lungenkranken, zwanzig für die Mund-und-Fußmaler und hundert für die in Bosnien. Und dann noch dreißig für die Murmeltiere im Val Wie-auch-immer. – An andern Tagen werfe ich all die Couverts ungeöffnet in den Papierkorb, samt den elendiglichen Postkarten, die fast immer darin sind und sinnlos unsere Spendengelder verbrauchen.

Ich bin am Ende. Ich komme zum Schluß. Nur noch dies: manchmal sitze ich in der Straßenbahn, denke rein gar nichts – so hat Robert Walser, den du nicht kennst, das Glück definiert – und höre plötzlich, daß jemand stöhnt. Daß *ich* es bin, der stöhnt! Es stöhnt aus mir heraus wie aus einem andern. Es sind die vielen Toten in mir, und noch mehr die Verletzten. – Dabei gelingt es mir immer wieder, ganze Kaldaunische Felder zu ignorieren. Henri, glaub's oder nicht, die können sich in ihrem Blut wälzen, auf ihrem Balkan oder im schwarzen Afrika, ich esse weiter meine Suppe. Ungerührt, fast ungerührt. – Aber es klappt nicht immer. Manchmal erwischt mich das Entsetzen wie ein Hammer. Irgendwann, denke ich dann, werde ich zu viele dieser Bilder in mir haben, und sie werden mich zerreißen. – Das Leben *kann* doch nicht nur Morden und Sterben sein, und Erste Hilfe?!

Wir sind das Volk

Wir sind das Volk: die sechs Millionen neunhundertachtundsechzigtausendsechshundert Bewohner des Landes. Minus die eine Million zweihunderteinundneunzigtausendachthundert Ausländer natürlich. Und minus eine Million einhundertsiebzehntausendfünfhundertzweiundvierzig Kinder ebenfalls. Irgendwo sind auch noch ein paar Straffällige verborgen, denen die bürgerlichen Ehrenrechte aberkannt worden sind. So daß vier Millionen fünfhundertneunundfünfzigtausendzweihundertachtundfünfzig Männer und Frauen das Volk *sind*. So etwa jeder zweite – da gibt's ja auch noch die Touristen, die Saisonniers und die Illegalen –, der in diesem Augenblick, sagen wir, übers Bellevue oder die Gerechtigkeitsgasse hinuntergeht, ist das Volk. Ein Teil von uns. Seit den Urzeiten der Demokratie kommen wir aus der Vergangenheit und gehen in die Zukunft: ein nie abbrechender Menschenzug, unbeirrbar von einem Horizont zum andern schreitend. Jeder hat die Hand auf die Schulter dessen gelegt, der vor ihm geht, und wird von ihm in die gemeinsame Richtung gezwungen. Frauen und Männer, ihre Kinder mitschleifend. So gehen wir, gehen und gehen. Junge, Alte, Städter, Dörfler, Dikke, Dünne, Dumme, Kluge, Arme, Reiche, Gesunde und Kranke. Weise im Kollektiv, einzeln so, wie wir eben sind.

Der eine spart für ein Einfamilienhaus. Einer löst jeden

Tag mehrere Kreuzworträtsel. Einer sitzt, wann immer er eine freie Minute hat, vor dem Fernseher. Einer schreibt anonyme Briefe. Einer hält sich Schlangen. Einer dreht, wenn er im Restaurant ißt, das Papierset um, um die Werbung nicht lesen zu müssen. Einer least mit seinem ersten Lehrlingslohn einen BMW Cabrio. Einer ist ein Raver und weiß, daß alle Nichtraver, vor allem die an seiner Arbeitsstelle, aufgelegte Arschlöcher sind. Einer trinkt nie Alkohol. Einer geht zu käuflichen Frauen, am Nachmittag, damit sich keiner was denkt. Einer filmt mit einer Videokamera Feldblumen. Einer züchtet Riesenkürbisse. Einer kauft sich eine sehr teure elektrische Gitarre, übt aber nie. Einer hat eine Wohnung, in der eine Modelleisenbahn durch alle Zimmer und sogar durchs Badezimmer fährt. Einer macht auch Überstunden, wenn sein Chef das nicht will. Einer spart dreißig Jahre lang jeden Rappen und legt dann, in einem spontanen Entschluß, sein ganzes Geld in Risiko-Aktien an, die einundzwanzig Prozent Gewinn versprechen. Einer hebt alle Kaugummipapiere vom Trottoir auf und trägt sie zum Abfalleimer. Einer hat Lungenkrebs.

Das sind achtzehn von denen, die das Volk sind.

Eine denkt, daß sie zu dick ist. Eine steht, wenn der Ausverkauf beginnt, um vier Uhr früh vor dem Warenhaus, um das größte Schnäppchen zu machen. Eine trinkt Arznei gegen das Altern. Eine duscht acht Mal am Tag. Eine redet viel und zu laut. Eine schaut jeden Mann, der ihr guten Tag sagt, so an, als habe er sie vergewaltigen wollen. Eine färbt sich jede Woche die Haare um. Eine betet. Eine fährt wie vergiftet Snowboard. Eine brät, weil die Mama das schon so gemacht hat, an Weihnachten stets eine Gans, obwohl weder sie noch ihr Mann, noch die Kinder Gänsebraten mögen. Eine nimmt seit Jahren Schlafmittel. Eine versteckt ihre Zigaretten im Klo, weil sie hofft, daß ihr Bub so nicht mit dem Rauchen anfange. Eine will sich mit ihrer alt gewordenen Mutter versöhnen und schreit sie an, kaum hat sie die Tür aufgemacht. Eine bringt um acht das große Kind zur Schule und um halb zehn das kleine in den Kindergarten, holt dann um zwölf das große von der Schule ab und bringt es um zwei wieder hin, holt danach gegen drei das kleine vom Kindergarten und um vier das große von der Schule ab. Eine nimmt Drogen. Eine schläft mit dem, den sie nicht liebt, weil er der beste Freund von dem ist, den sie liebt. Eine betritt kein Restaurant mehr, weil sie nur Produkte aus biologischem Anbau ißt. Eine hat Alzheimer.

Jetzt sind es sechsunddreißig.

Ein anderer wirft eine Bierflasche nach seiner Frau. Er verfehlt sie und zertrümmert ein in Silber gerahmtes Foto aus den letzten Winterferien in Davos, das ihn und sie und ihr Kind zeigt, alle drei lachend auf einem Schlitten. Wieder ein anderer spricht plötzlich kein Wort mehr, mit niemandem. Nur manchmal heult er auf und schlägt seinen Kopf gegen eine Mauer. Ein dritter fährt, weil er Streit mit seiner Freundin hat, zu schnell eine Bergstraße hinauf. In einer Kurve kommt ihm eine junge Frau auf einem Fahrrad entgegen, und er tötet sie. Einer, ein Vorgesetzter, erklärt immer allen alles, all seinen Untergebenen, auch in der Freizeit am Stammtisch, immer mit einer dröhnenden Stimme, immer endlos, immer falsch. Als er pensioniert ist und zum ersten Mal wieder an den Stamm geht, kann er sich nicht erklären, warum alle seine Kumpel aufstehen und sich an einen andern Tisch setzen. Einer heiratet die Frau, die er liebt. Vom ersten Tag an regt er sich über alles auf, was sie sagt und tut. Noch einer weist sein Kind in die Psychiatrie ein, weil er es nicht duldet, daß ihm jemand widerspricht. Das duldet er bei niemandem, daß ihm jemand widerspricht, bei seinem Kind schon gar nicht, und auch nicht beim Psychiater, das macht er ihm im Einweisungsgespräch gleich mal klar. Einer hat multiple Sklerose.

Das macht dreiundvierzig. Dreiundvierzig von 4'559'258.

Eine weitere läßt sich ins Gesicht pinkeln, weil der, mit dem sie zusammenlebt, sagt, sonst verlasse er sie. Er habe Hunderte, die noch viel mehr mit sich machen ließen, und überhaupt sei das völlig normal. Wieder eine ist sicher, daß sie die wiedergeborene Nofretete ist – sie erkennt das an ihren Augen und weil ihre Träume wie Botschaften sind – und daß die Menschheit nur überlebt, wenn sie einen andern Planeten besiedelt. Sie hält sich bereit dafür und geht auf dieser Erde keine Bindung mehr ein. Eine gibt sich – das ist ihre Terminologie – ihrem Chef hin, nachts auf einem Autobahnparkplatz, und schneidet, als der Chef seine Frau nicht verläßt, die Bremskabel von deren Auto durch. Die Tochter fährt damit am nächsten Morgen in eine Mauer und ist querschnittgelähmt. Wieder eine ist schön und hält den Kopf immer leicht schräg, im günstigsten Licht, jahrelang, über Jahrzehnte hin. Nie fällt ihr auf, daß keiner bemerkt, wie schön sie ist, sondern daß jeder sie für eine zickige Pute hält. Eine klagt den ganzen Tag, von den Nächten ganz zu schweigen, über das, was ihr gerade so schrecklich weh tut. Als sie eines Tags krank wird, ein Magengeschwür, fehlen ihr die Worte für das, was sie nun fühlt. Eine droht ihrem Freund so lange mit ihrem Selbstmord, daß dieser, als sie dann doch noch in den Fluß springt und gerettet wird, fast so etwas wie enttäuscht ist. Er verbirgt das hinter einer besondern Anteilnahme, aber sie läßt sich nicht täuschen und springt nie mehr. Eine hat einen Gehirntumor.

Fünfzig. Fünfzig Männer und Frauen sind noch nicht das Volk. Aber wir sind auf dem Weg dahin.

Einer, ein gottesfürchtiger Anhänger einer Sekte mit dreißig Mitgliedern, ist endlich zum Ältesten aufgestiegen und hat das Recht und die Pflicht, bei allen Beerdigungen zu predigen. Er steht blitzeschleudernd vor der Trauergemeinde und brüllt, daß der Tote ein Sünder gewesen sei, ein Elender wie sie alle, und daß ihm wie ihnen die Hölle gewiß sei. Alle würden sie sterben, alle. Er richtet seinen Blick dankbar zum Himmel, denn ihm ist vor Jahren schon die Botschaft zuteil geworden, daß er die Ausnahme ist, der Erwählte. Einer hat eine krebskranke Tochter und weigert sich, sie behandeln zu lassen, weil er es nicht erträgt, sie ohne Haare zu sehen. Ein Heiler legt dem Kind die Hand auf die Stirn. Als es stirbt, klagt er in Leserbriefen und Interviews mit Boulevardblättern, daß die Ärzte und Journalisten am Tod seines Lieblings schuld seien. Einer will die Eigernordwand ganz allein durchklettern, obwohl ihm alle, der Wetterprognose wegen, abraten. Er stürzt ins Seil und wird in einem Einsatz bei Nacht und Sturm von den Bergführern, die ihn gewarnt haben, gerettet. Er fährt nach Hause und reicht Klage gegen sie ein, weil sie ihn unsachgemäß abgeseilt und dabei seine Ausrüstung erheblich beschädigt hätten. Einer hat Aids.

Vierundfünfzig von allen. 0,00118 % des Volks.

Eine – sie sieht wie eine mütterliche Glucke aus – schreibt bei Attentaten Bekennerbriefe, obwohl sie nie etwas mit ihnen zu tun hat. Sie hat zwei angezündete Hochgeschwindigkeitszüge, einen vor einem AKW deponierten Sprengsatz, ein in die Luft gesprengtes Warenhaus und manches mehr auf sich genommen: Schuldbekenntnisse, die für rund zweihundert Jahre Zuchthaus reichten; aber nicht einmal sie weiß, warum sie das tut. Eine fährt – sie ist auf dem Weg zum Arzt – auf der falschen Autobahnseite. Sie hat nur einen Gedanken, nämlich daß sie Brustkrebs haben könnte, und meint, daß die Automobilisten, die blinken und hupen, alle irgendwie verrückt geworden sind. Auch als sie die Autobahn verläßt und im Radio hört, daß der Geisterfahrer die Autobahn verlassen habe, denkt sie sich nichts dabei, nur, daß sie vielleicht bald stirbt. Eine andere ist schlecht dran. Sie hat eine chronische Blasenentzündung, ihr Mann hat sie verlassen, und eben ist auch noch das Auto kaputtgegangen. Sie reibt sich die Hände vor Freude, als sie in der Zeitung liest, daß jemand Benzin gegen eine Baracke eines Auffanglagers für Asylsuchende geschüttet und es angezündet hat. Noch eine hat Leukämie.

Achtundfünfzig erst. Wir können nicht von allen sprechen. Dennoch. Ist es nicht wundersam, daß wir einzeln so sind, wie wir sind – blind! ratlos! einsam! verloren! –, gemeinsam aber unsern Weg gehen können, in kollektiver Weisheit, jeder die Schulter dessen haltend, der vor ihm geht? Jeder vertrauend, daß wir alle zusammen schon zum Ziel gelangen? Ist das nicht großartig? Guten Mutes – alles in allem – gehen wir dem Vordermann oder der Vorderfrau hinterher, der Zukunft entgegen, und nur hie und da fliegt uns, gleich wieder abgewiesen, der Gedanke an, daß der, der hinter uns geht, dessen Hand wir auf unsrer Schulter spüren und dem wir den Weg weisen, der Anführer unsrer Marschkolonne sein könnte, er der vorderste, wir der hinterste, und daß wir im Kreise gehen, in einer ewigen Runde.

Nach allen Kriegen

Ums Jahr 2800 herum verfolgte ein Mann einen Bären. Er keuchte ihm durch Brombeergestrüpp und Brennesseln hinterher. Das war in der Gegend von Rawalpindi im hintersten Indien, das heute eine Millionenstadt ist und im Jahr 2800 von Bäumen, Schlingpflanzen, rot blühenden Blumen und Tropfenefeu so radikal zugewuchert war, daß alle Häuser, die Tankstellen oder die Bahnhöfe unter einem leuchtenden Grün verschwunden waren. Nichts mehr zu sehen. Die Gegend war schwach besiedelt. Der nächste Nachbar lebte einige Kilometer weiter weg, in einer ähnlichen Gestrüpphütte. Tag für Tag schien die Sonne, die Luft war wie ein Getränk, Pilze und Beeren wucherten im Überfluß. Reines Wasser floß von den nahen Bergen des Himalaja.

Der Bär führte den Mann in eine Höhle. In den ehemaligen *Showroom* des *Institute of Peacekeeping Affairs,* um genau zu sein, einer Firma, die ums Jahr 2000 herum hochkomplexe Waffensysteme entwickelt hatte. Im *Showroom,* einer einst streng geheimen Halle von der Größe zweier Fußballfelder, standen selbststeuernde Raketen, Atomkeulen für den Häuserkampf oder Tretminen, an denen damals keiner vorbeikam, der einen Konflikt auszutragen hatte. Die Firma hatte sich aus einer kleinen Klitsche zu einem der führenden Unternehmen der Branche gemausert, weil sie als erste erkannt hatte, daß die Inder von den avanciertesten Technologien mindestens soviel wie die Amerikaner oder die Japaner verstanden und daß sie, anders als diese, für Gotteslohn zu arbeiten bereit waren.

Der Mann, der Pi-Piao hieß und den Bären auf der Stelle vergaß – dieser, gottseidank, auch ihn –, tastete die Titanhäute von Überschallbombern ab, versuchte, einen Atomsprengkopf hochzuheben, und fummelte am Zünder einer Panzerabwehrgranate herum. Er ging durch Büros mit verstaubten Macintoshs und Zeichentischen, durch Toiletten voller Pißschüsseln, durch Squashräume, durch die Werksküche und die Garage, in der Chryslers und Toyotas auf platten Reifen standen. Ihm wurde immer mulmiger, und so kletterte er bald darauf ins Sonnenlicht zurück. Er ging zu seiner Frau und seinen beiden Kindern, die er von Herzen liebte. Er war unsagbar glücklich mit ihnen. Bald darauf hatte er seine elende Entdeckung vergessen.

Er wußte nichts von Kriegen. Nichts von Gewalt, von Mord und Totschlag. Das gab es damals nicht, nicht mehr, im Jahr 2800. So wenige Menschen waren inzwischen auf der längst wieder schönen Erde unterwegs, daß sie den Überfluß konfliktlos unter sich verteilen konnten. Wenn Pi-Piao und sein Nachbar zufällig auf dieselbe Bärenspur stießen, ließen sie sich so lange höflich den Vortritt – »Nach Ihnen, Herr Nachbar!«, »Aber ich bitte Sie!« –, daß der Bär unweigerlich abhaute. *As a matter of fact* hatte überhaupt noch nie einer einen Bären erlegt. Der Bär war ein Traum. Eine Utopie.

Pi-Piao wußte also auch nicht, daß man in Kriegen starb. Daß das das Schlimmste war. Der Soldat hob den

Kopf, nur um den steifen Nacken zu bewegen, und die Kugel eines Heckenschützen zerstörte sein Gehirn. Die Frau stand am Markt um ein Brot an und wurde von einer Granate zerfetzt. Das Kind schlief in der Wiege und wurde unter dem Schutt des einstürzenden Hauses begraben. – Oder nein, daß das Entsetzlichste an den Kriegen dies war: sie ließen einen am Leben, nicht heil jedoch, sondern so verstümmelt, daß das Leiden nicht auszuhalten war. Daß es, zunehmend, ganze Landstriche gab, wo *alle* verstümmelt waren, so daß das gräßlichste Leiden keiner Rede mehr wert war. Männer hatten keine Beine und mußten wie Pakete getragen werden. Kinder gingen an Krücken, mit Gesichtern wie Greise. Frauen schrien im Schlaf und oft auch wach. Sie waren vergewaltigt worden, von Männern, die inzwischen auch von Albträumen gehetzt wurden, wenn auch von anderen. – Oder war – davon wußte Pi-Piao am allerwenigsten – das Furchtbarste an den Kriegen, daß die, die sich liebten, von einer Minute auf die andere für immer getrennt wurden? Der Mann, der seine Frau liebte wie niemanden sonst, blieb dreißig Jahre in einem Lager – ohne die Hoffnung, sie wiederzusehen, hätte er nicht überlebt –, und als er nach Hause kam, war die ganze Heimat weg, nicht nur die Frau. Dieser war vielleicht die Flucht vor den Mördern geglückt, und sie wohnte dann für den Rest ihres Lebens in New Jersey, sprach eine neue Sprache und dachte immer seltener an den, den sie einst so liebgehabt hatte. Dann allerdings zerfetzte der Schmerz der Erinnerung sie beinahe.

Ja, es hatte in jenen, in unsern Zeiten keinen Tag gegeben, nicht einen!, da nicht irgendwo Menschen andere

Menschen töteten. Krieg war fast überall, und der Friede war vom Krieg kaum zu unterscheiden. Im Krieg schossen die Menschen mit Kanonen in Kindergärten, und im Frieden stürmten sie in einen McDonald's und schossen sieben Jugendliche tot. Nur wenn sie jemanden umbrachten, fühlten sie sich so etwas wie wohl, die Männer von damals. (Frauen mordeten weniger und anders.) Sie waren jemand! Da keiner ein Opfer sein wollte, versuchten alle, Täter zu werden. Natürlich gab es dennoch Opfer. Es waren die Langsamen, die Zarten, die Ungeschickten, die Liebenswürdigen. Das war damals, in unserer Zeit, meine ich. Jetzt.

So daß man denken könnte, unsere Kultur sei dann so überraschend schnell verschwunden, weil sich alle gegenseitig umgebracht hätten. Nein. Es war anders. Den Menschen war nicht soviel Muße vergönnt. Überall nämlich – in Europa *und* in Amerika *und* in Afrika – begannen fast gleichzeitig die Penisse der Männer zu verkümmern. *Der* Schrecken, wenn sie mit ihren Frauen waren, und das krumme Ding war kaum noch zu sehen. Auch die, denen eine Beiwohnung noch einmal mit Ach und Krach gelang, hatten so träge Spermien, daß die das Ei nie zu Gesicht bekamen. Die Frauen kriegten keine Kinder mehr. Der Grund war, daß wir all das chemische Zeugs nicht mehr ertrugen. Die Chromosomen machten nicht mehr mit, die Gene. Die Menschen starben aus. Vor ihnen hatten, mit denselben Symptomen, schon die Krokodile und Pinguine aufgegeben. Das war ums Jahr 2050. Mit den Menschen dauerte es etwas länger.

Ihnen war der Krieg etwas so Natürliches, daß sie auch

dann nicht aufhörten, sich umzubringen, als es sie kaum noch gab. Auch als der ganze Balkan höchstens noch von ein paar Hundertjährigen bewohnt war, lauerten sich diese in Hohlwegen auf und erledigten den anschleichenden Greisentrupp mit einem Atomschlag. Waffen waren im Überfluß vorhanden. Anderswo war es nicht anders. Letzte Angehörige einst großer Nationen schickten, im Altersparkinson zitternd, Scudraketen in den Himmel.

Endlich waren nur noch zwei Menschen übrig. Zwei Ururalte natürlich, verhutzelte Tattergreise. Ein John Mills aus Corpus Christi, Texas, USA, und ein Hansueli Äschlimann aus Göschenen, Schweiz. Irgendwie hörten sie voneinander. Irgendwie gelang es ihnen, zueinanderzukommen. Irgendwann standen sie sich endlich im glühenden Sonnenlicht eines hohen Mittags gegenüber. Ob in Arizona oder im Mittelland, das weiß ich nicht mehr. Staub, Hitze, Stille jedenfalls. Das ferne Wiehern von Pferden. Fliegen surrten. Äschlimann zog zuerst, aber Mills traf. Äschlimann, der von der Sonne geblendet gewesen war, starb, »*bloody bastard*« flüsternd. Das war damals ein Zeichen der höchsten Hochachtung, der Freundschaft beinah. Mills, der Sieger, starb drei Tage später an Einsamkeit.

Die Natur atmete auf, und die ersten Gräser begannen durch den Beton zu brechen. Hasen hoppelten wieder unbesorgt, und Waschbären begrüßten freudig den neuen Tag. – Das heißt, hoch oben im fernsten Tibet, in einem abgelegenen Himalajatal, lebten Menschen, die von der übrigen Menschheit nie gehört hatten, und diese nie von ihnen. Oder nur als Gerücht, denn man hatte verharschte Fußspuren von ihnen gesehen und sie Yetis genannt. Sie waren aber weder riesengroß noch zottelig. Bis ins Jahr 2500, so ungefähr, lebten sie unbeirrt im steten Kreislauf des Immergleichen. Säten, ernteten. Zeugten, gebaren, lebten, starben. – Aber einmal gingen ein Mann und eine Frau, die einen stillen Platz suchten, sich zu lieben, über die von den Göttern festgelegten Grenzen hinaus. Sie stiegen, von einer jähen Sehnsucht gepackt, immer weiter ins Tal hinab und gelangten in eine Ebene. Fassungslos standen sie da, Hand in Hand. Es war herrlich. Es war so warm, daß sie sich nackt ausziehen konnten, ohne auch nur ein bißchen zu frieren. Zum ersten Mal liebten sie sich ohne Gänsehaut auf dem Hintern. Sie waren begeistert. Blumen blühten. Bäume wucherten. Die Luft war rein, und ein klares Wasser floß von den Bergen. Früchte, wo man nur hinfaßte. Bären. Sie beschlossen, in diesem Paradies zu bleiben, und bauten eine Gestrüpphütte. Sie wurden die Ureltern all derer, die unsern Erdball neu zu besiedeln begannen, nach allen Kriegen.

Nachweis

Monolog über die Trägheit. Erstveröffentlichung.

Shit im Kopf. Erschien erstmals in: ›manuskripte‹ Nr. 137, Graz 1997.

Durst. Variation eines Themas von Flann O'Brien. Erschien erstmals in: ›NZZ Folio‹, Zürich, August 1994.

Paradies. Erstveröffentlichung.

Orpheus, zweiter Abstieg. Erschien erstmals in: ›manuskripte‹ Nr. 137, Graz 1997.

Der Müll an den Stränden. Erschien erstmals in: ›Akzente‹, München, Juni 1994.

Mutter Nacht. Erschien erstmals in: ›manuskripte‹ Nr. 94, Graz 1986.

Laut und Luise. Monologszene. Ernst Jandl zugeeignet. Erstveröffentlichung.

»Im Anfang war das Wort!« Erschien erstmals in: ›NZZ Folio‹, Zürich, Oktober 1994.

Am Gotthard. Im Gotthard. Erschien erstmals in: ›NZZ Folio‹, Zürich, Juli 1995.

Pia und Hui. Eine chinesische Geschichte. Erschien erstmals in: ›NZZ Folio‹, Zürich, November 1994.

Das Salz von Wieliczka. Erschien erstmals in: ›NZZ Folio‹, Zürich, Dezember 1994.

Bei den Augen-Wesen. Erschien erstmals in: ›NZZ Folio‹, Zürich, März 1995.

Das Wahrsagen als exakte Wissenschaft. Erschien erstmals in: ›NZZ Folio‹, Zürich, Januar 1995.

Vor uns die Sintflut. Erschien erstmals in: ›NZZ Folio‹, Zürich, April 1995.

Meine Jahre im Coca-Wald. Erschien erstmals in: ›NZZ Folio‹, Zürich, Juni 1995.

In Hotels. Erschien erstmals in: ›NZZ Folio‹, Zürich, August 1995.

Das Geheimnis der Greise vom Kaukasus. Erschien erstmals in: ›NZZ Folio‹, Zürich, September 1995.

Solferino in uns. Erschien erstmals in: ›NZZ Folio‹, Zürich, Februar 1995.

Wir sind das Volk. Erschien erstmals in: ›NZZ Folio‹, Zürich, Oktober 1995.

Nach allen Kriegen. Erschien erstmals in: ›NZZ Folio‹, Zürich, Mai 1995.

Urs Widmer
im Diogenes Verlag

Alois / Die Amsel im Regen im Garten
Zwei Erzählungen

»Panzerknacker Joe und Käptn Hornblower, der Schiefe Turm von Pisa und die Tour de Suisse, Fußball-Länderspiel, Blitzschach, Postraub, Untergang der Titanic, Donald Duck und Sir Walter Raleigh – von der Western-Persiflage bis zur Werther-Parodie geht es in Urs Widmers mitreißend komischem Erstling *Alois*.«
Bayerischer Rundfunk, München

Das Normale und die Sehnsucht
Essays und Geschichten

»Dieses sympathisch schmale, sehr konzentrierte, sehr witzige Buch ist dem ganzen Fragenkomplex zeitgenössischer Literatur und Theorie gewidmet.«
Frankfurter Allgemeine Zeitung

Die Forschungsreise
Ein Abenteuerroman

»Da seilt sich jemand (das Ich) im Frankfurter Westend von seinem Balkon, schleicht sich geduckt, als gelte es, ein feindliches Menschenfresser-Gebiet zu passieren, durch die City, kriecht via Kanalisation und über Hausdächer aus der Stadt... Heiter-, Makaber-, Mildverrücktes.« *Der Spiegel, Hamburg*

Die gelben Männer
Roman

»Skurrile Einfälle und makabre Verrücktheiten, turbulent und phantastisch: Roboter entführen zwei Erdenbürger auf ihren fernen Planeten...«
Stern, Hamburg

Vom Fenster meines Hauses aus
Prosa

»Eine Unzahl von phantastischen Einfällen, kurze Dispensationen von der Wirklichkeit, kleine Ausflüge oder, noch besser: Hüpfer aus der normierten Realität. Es ist befreiend, erleichternd, Widmer zu lesen.« *NZZ*

Schweizer Geschichten

»Aberwitziges Panorama eidgenössischer Perversionen, und eine sehr poetische Liebeserklärung an eine – allerdings utopische – Schweiz.« *Zitty, Berlin*

Shakespeare's Geschichten

Alle Stücke von William Shakespeare. Mit vielen Bildern von Kenny Meadows. Band I nacherzählt von Walter E. Richartz
Band II nacherzählt von Urs Widmer

»Ein Lesevergnügen eigener und einziger Art: Richartz' und Widmers Nacherzählungen sind kleine, geistvolle Meisterwerke der Facettierungskunst; man glaubt den wahren Shakespeare förmlich einzuatmen.« *Basler Zeitung*

Das enge Land
Roman

Hier ist von einem Land die Rede, das so schmal ist, daß, wer quer zu ihm geht, es leicht übersehen könnte. Weiter geht es um die großen Anstrengungen der kleinen Menschen, ein zärtliches Leben zu führen, unter einen Himmel geduckt, über den Raketen zischen könnten...

Liebesnacht
Erzählung

»Ein unaufdringliches Plädoyer für Gefühle in einer Welt geregelter Partnerschaften, die ihren Gefühlsanalphabetismus hinter Barrikaden von Alltagslangeweile verstecken.« *NDR, Hannover*

Die gestohlene Schöpfung
Ein Märchen

»Widmers aufgeklärtes Märchen macht uns keine Illusionen, wohl aber das seltene Vergnügen eines literarischen Abenteuers im Gegenlicht aller zweifelhaften Wirklichkeit.« *Deutschlandfunk, Köln*

Indianersommer
Erzählung

»Fünf Maler und ein Schriftsteller wohnen zusammen in einer jener Städte, die man nicht beim Namen zu nennen braucht, um sie zu kennen, und irgendwann machen sie sich alle zu den ewigen Jagdgründen auf. Ein Buch, das man als Geschenk kauft, an dem man beim Durchblättern Gefallen findet und das man begeistert behält. Was kann man Besseres von einem Buch sagen?«
Die Presse, Wien

Das Verschwinden der Chinesen im neuen Jahr
Prosa

Ein Buch mit vielen neuen Geschichten, Liedern und Bildern zur sogenannten Wirklichkeit, voller Phantasie und Sinn für Realität, »weil es da, wo man wohnt, irgendwie nicht immer schön genug ist«.

Auf auf, ihr Hirten! Die Kuh haut ab!
Kolumnen

»Kolumnen sind Lektüre für Minuten, aber Urs Widmer präsentiert die Inhalte wie eine geballte Ladung Schnupftabak: Das Gehirn wird gründlich freigeblasen.« *Basler Zeitung*

Der Kongreß der Paläolepidopterologen
Roman

»Ein grandios versponnener Roman, der in der farblosen Flut der Verlagsprogramme daran erinnert, wozu Literatur fähig ist... Ein romantischer Entwicklungsroman ... Ein Klassiker ... Eine großartige Satire ... Ein abgrundtief witziges Buch.«
Süddeutsche Zeitung, München

Das Paradies des Vergessens
Erzählung

»Wenn viele Bücher bereits wieder vergessen sein werden, dürfte *Das Paradies des Vergessens* noch bei so manchem Leser in guter Erinnerung sein.«
Süddeutsche Zeitung, München

Der blaue Siphon
Erzählung

»Wer kann heute noch glitzernde, glücksüberstrahlte Idyllen erzählen? Wer eine Geschichte über den Golfkrieg und die A-Bombe? Wer ein Märchen für Erwachsene von – sagen wir: fünfzehn an? Und wer eine Liebesgeschichte über Lebende und Tote, die uns traurigfroh ans Herz geht? Die Antwort: Urs Widmer.«
Andreas Isenschmid/Die Zeit, Hamburg

Liebesbrief für Mary
Erzählung

Die Geschichte dreier Liebender, auf ungewöhnliche Art, aus mehrerlei Sicht erzählt: das erste englische und das kurzweiligste Liebesgeständnis in der deutschen Literatur.

»Eleganter, lakonischer wurde in der jüngsten Literatur die Sprachlosigkeit der Liebe wohl nie in Sprache verwandelt.« *Peter Laudenbach/die tageszeitung, Berlin*

*Die sechste Puppe im Bauch
der fünften Puppe im Bauch der vierten
und andere Überlegungen zur Literatur*
Grazer Poetikvorlesungen

Wie liest man als Autor andere Autoren? Wie richtet man sich in der Welt ein? Urs Widmer erzählt in bildreicher Sprache von Schriftstellern als Erinnerungselefanten, von ihrer Kassandra-Rolle, vom Schreiben als Widerstand gegen Unglück und Tod, dem Einfluß der eigenen Biographie, vom Jammer mit den Frauen und von befreiendem Humor.

»Germanistikstudenten sei's angeraten: Das nächste Proseminar mit all den kruden Begrifflichkeiten zu schwänzen und sich statt dessen Widmers prosaischen Bildern vom Poetenleben anzuvertrauen.«
Süddeutsche Zeitung/München

»Ein lebenskluges, warmherziges Buch.«
Neue Zürcher Zeitung

Im Kongo
Roman

»Wenn man einen Schweizer in ein Faß mit Giftschlangen tunkt, gesteht er alles«, sagt Kuno und erzählt seine atemberaubende Geschichte, die ihn in den tiefsten Kongo und in die Agentenvergangenheit seines Vaters führt.

»Ein Ur-, ein Traum-, ein Seelen-Kongo ist das, eine Metapher für das nicht faßbare Tosen unnennbarer Gefühle, ein Land, in dem blutgeile Walddämonen, Teufelsgötter, Löwenherrscher, Giganten, maskierte Stammeshäuptlinge um ein unheimliches Feuer hocken, das tief in uns brennt, wo die Seelenkarten noch immer die weißen Flecken zeigen, die aus den Weltkarten verschwunden sind.«
Urs Allemann/Basler Zeitung

Vor uns die Sintflut
Geschichten

Die zweite Jahrtausendschwelle steht bevor, die Welt ist aus den Fugen. Endzeitängste treiben seltsame Blüten. Urs Widmer zeigt auf, was in den Köpfen der Zeitgenossen so vor sich geht. Da erfreut sich etwa der sogenannte Noah-Kult wachsender Beliebtheit, nicht wenige haben ihre Arche schon heimlich im Keller. Aber der Feind droht nicht nur zu Wasser: Außerirdische experimentieren mit unseren Genen; das Ozonloch erfordert absurde Überlebensstrategien. Und die Computer haben unsere Zukunft fest im Griff.
Urs Widmer zieht in diesen einundzwanzig Geschichten alle Register. Neben heiteren Kaprizen, metaphysischen Märchen und Zeitreisen in die Zukunft finden sich Geschichten, die anspielen auf die traumatischen Tragödien unseres Jahrhunderts.

»Urs Widmers Werke sind sinnliches und intellektuelles Vergnügen zugleich.«
Hajo Steinert/Tages-Anzeiger, Zürich

Hugo Loetscher
im Diogenes Verlag

»Hugo Loetscher ist zweifellos der kosmopolitischste, der weltoffenste Schriftsteller der Schweiz. Es weht ein Duft von Urbanität und weiter Welt in seinen Büchern, die sich dennoch keineswegs von den sozialen Realitäten abwenden, ganz im Gegenteil. Hugo Loetscher ist eine Ausnahmeerscheinung in der Schweizer Gegenwartsliteratur nach Frisch und Dürrenmatt. Eine Ausnahmeerscheinung ist er durchaus bezüglich der literarischen Qualität. Er ist es aber auch als Intellektueller: Eben weil es ihm gelungen ist, die kulturelle und politische Enge der Schweiz in ein dialektisches Verhältnis zu bringen. Und fruchtbar zu machen.«
Jürg Altwegg

Wunderwelt
Eine brasilianische Begegnung

Herbst in der Großen Orange

Noah
Roman einer Konjunktur

Der Waschküchenschlüssel oder Was – wenn Gott Schweizer wäre
Geschichten

Der Immune
Roman

Die Papiere des Immunen
Roman

Die Fliege und die Suppe
und 33 andere Tiere in 33 anderen Situationen. Fabeln

Die Kranzflechterin
Roman

Abwässer
Ein Gutachten

Der predigende Hahn
Das literarisch-moralische Nutztier
Mit Abbildungen, einem Nachwort, einem Register der Autoren und Tiere sowie einem Quellenverzeichnis

Saison
Roman

Hugo Loetscher & Alice Vollenweider
Kulinaritäten
Ein Briefwechsel über die Kunst und die Kultur in der Küche

Martin Suter
Small World

Roman

Konrad Lang, Mitte Sechzig, wird auf einmal wieder von intensiven Bildern aus der Kindheit heimgesucht. Und es zieht den heruntergekommenen alten Mann magisch zur Villa seiner ehemaligen ›Familie‹, wo man sich seiner nur ungern erinnert. Was geht mit ihm vor? fragt sich vor allem die achtzigjährige Elvira Senn besorgt, unangefochtenes Oberhaupt dieser Familie und große alte Dame der renommierten Schweizer Koch-Werke. Sie ist irritiert von Konrads wachsendem Erinnerungsvermögen, und mit gutem Grund: Elvira hat nämlich etwas zu verbergen.

»Martin Suter fährt feurig in die Geschichte. Bereits der erste Satz zeugt von der Virtuosität der Selbstbeschränkung. Da kommt nicht nur die Handlung in Gang, da schwingen bereits die komischen und tragischen Stimmungen mit, aus denen Suters kleine Welt so behutsam zusammengesetzt ist.«
Christian Seiler/Die Weltwoche, Zürich

»Genau recherchiert, sprachlich präzis und raffiniert erzählt. Dramatisch geschickt verflicht Martin Suter eine Krankengeschichte mit einer Kriminalstory. Ein literarisch weit über die Schweiz hinausweisender Roman.«
Michael Bauer/Süddeutsche Zeitung, München

»Mit viel Sachverstand, Liebe und sogar mit Humor beschreibt Martin Suter die beklemmende Symptomatik, das Fortschreiten der Krankheit, aber auch die Chancen einer positiven Einflußnahme durch geduldige Zuwendung.«
Anita Pollack/Kurier, Wien

»Ein herrliches Buch.«
Focus, München

Alex Capus
im Diogenes Verlag

Munzinger Pascha
Roman

Das ist die wahre Geschichte von Werner Munzinger, der 1852 auszieht, um die Sklaverei in Afrika abzuschaffen. Werner Munzinger flieht, als sein Vater vom bürgerlichen Revolutionär zum Finanzminister avanciert, aus Europa. Als Händler und Forschungsreisender zieht er nach Kairo und ans Rote Meer, macht sich auf in die unwegsamen Gebirge Abessiniens, den sagenumwobenen Nilquellen entgegen. Er heiratet und wird Bauer, verwickelt sich in Kriege und Intrigen, und gegen seinen Willen steigt er auf zu Reichtum, Macht und Ehre.
Das ist aber auch die Geschichte des Reporters Max Mohn, der 150 Jahre später aufbricht, um Munzingers Spuren im Wüstensand aufzuspüren…

»Dieser Erstlingsroman ist ein Wurf. Weil Alex Capus ein begnadeter Erzähler ist. Weil sein Roman klug und gleichzeitig äußerst unterhaltsam, ja spannend ist; und weil in seinem Zentrum eine Figur steht, die man erfinden müßte – wenn sie denn nicht wirklich gelebt hätte: luzide Prosa, welche die flirrende Hitze, die fremden Gerüche und Farben geradezu sinnlich erfahrbar macht. Wunderbare Literatur.«
Hansjörg Schertenleib/Die Weltwoche, Zürich

»Alex Capus gelingt es, mit kräftigen Strichen jene ferne Vergangenheit in unserer Vorstellungskraft zu plazieren.« *Daniel Dubbe/Die Zeit, Hamburg*

»Alex Capus' Munzinger ist eine faszinierende Figur, um die sich eine Fülle spannender Geschichten rankt.«
Thomas Widmer/Facts, Zürich

Eigermönchundjungfrau
Geschichten

Das Auto lag mit dem Dach nach unten in einer Wiese, zerknüllt wie ein nie abgeschickter Liebesbrief.

In neunzehn Geschichten entfaltet Alex Capus einen Bilderbogen über das Leben der heute gut Dreißigjährigen: Bald mit leiser Wehmut, bald mit bissiger Ironie erzählt er von jenen, die sich den Haaransatz blond nachfärben lassen, denen, die ihren Platz im Altersheim schon reserviert haben, aber auch von den wenigen, die den Ausbruch versuchen.

Wie kommt es, daß Elvis im Migros-Lagerhaus Gabelstapler fährt? Warum riecht Ingrid so wunderbar nach Mandeln, warum schultert sie ihren Blumenstrauß wie ein Gewehr? Und wer zum Teufel ist Ramón?

In Bildern wie dem Kaktus, der seit sechzig Jahren ums Verrecken keine Blüten treiben will, und dem kleinen Jungen, der sich seiner wollenen Unterhosen schämt, fängt Alex Capus das Innenleben seiner Figuren ein, läßt leise Nähe und Glücksmomente spürbar werden.

Capus' Geschichten sind von kraftvoller Direktheit, zartem Witz und wohltuender Selbstironie. Geschichten wie gute Songs: traurig und einfach und schön wie das Leben selbst.

»Alex Capus findet jenen Ton treffsicherer und leichthändiger Ironie, der in der deutschsprachigen Literatur so selten ist.«
Ralf Konersmann/Frankfurter Allgemeine Zeitung